U0010163

出版20周年Happy版

接受自己的樣子

我是快樂粉紅豬

鍾欣凌 著

萬歲少女Vivagirl 繪圖

在25歲以前，我每年的生日願望都是「我想瘦下來」，新年新希望都是「我今年要減多少多少公斤」，我不想住在小胖的國度裡了……
哇
彈出
被學長載……
斷裂
哈
拉環斷裂
決定去游泳
抽筋
哈
嘻
哈
去瘋狂騎車

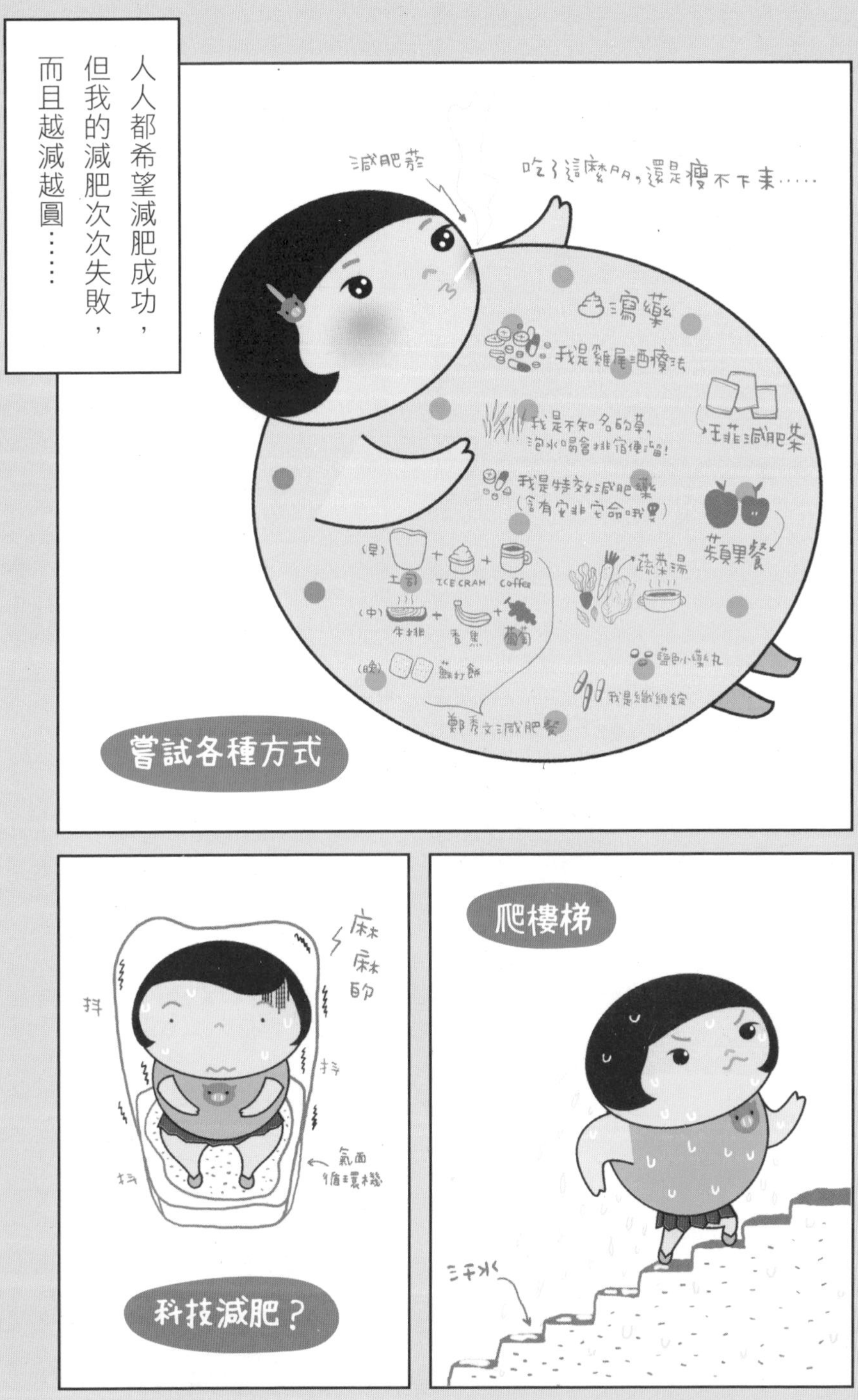
人人都希望減肥成功，
但我的減肥次次失敗，
而且越減越圓……
減肥菸
吃了這麼多，還是瘦不下來……
瀉藥
我是雞尾酒療法
我是不知名的草，
泡水喝會排宿便喔！
我是特效減肥藥
(含有安非它命哦)
(早) 土司 + ICE CRAM + Coffee
(中) 牛排 + 香蕉 + 葡萄
(晚) 蘇打餅
鄭秀文減肥餐
蔬菜湯
我是纖維錠
藍色小藥丸
苹果餐
玉菲減肥茶
嘗試各種方式
麻麻的
抖
抖
抖
氣血循環機
科技減肥？
爬樓梯
汗水

敏感的心，並不是與生俱來，
是後天慢慢養成的。
有時甚至會到多心的地步……

其實，我的青春期滿為難、滿苦澀，
好像每一步路都走得很辛苦。
現實總是殘酷的……
壁花
壁花
壁花
哇咧到底是胖了還是瘦了咧？
胖子很可憐，
看不到自己的體重。

我洗
我洗
胖子很可憐，
洗不到自己的腳
我洗洗洗
想必很臭吧……

胖子很可憐，
剪不到自己的腳趾甲

男胖子很可憐，
會長小胸部。
女胖子很可憐，
胸部下會起疹子。

一般人會受傷，胖子也會受傷；
一般人會生氣，胖子也會生氣；
一般人會傷心，胖子也會傷心。
我們能不能從自己身上找到特點？
我們能不能接受自己的樣子？

我會寫字
我會唱歌
我會做夢
我會騎車
我會表演
我會疼小狗
我會講冷笑話
我看電影會哭

但是我不會畫畫

粉紅豬語錄：

每個人都有屬於
自己的一片天
去找找！好嗎？
你會的事可多著

我一直認為每個人都必須找到一條專屬於他自己的路，
必須找到一個專屬於他自己的位置。
我很慶幸自己有機會知道了自己原來可以表演。
因為我有了舞台，
所以打開了自己的另一雙眼睛看另一個自己……

【出版20周年新序】

寫給二十年前的我

剛得知二十年前的書要重新整理出版時，我開心得想轉圈圈！當時年輕的我正進入演藝圈，透過文字把生活的觀點和對未來的夢想，介紹給還不認識我的讀者；隨著時間和經歷的累積，依然對世界充滿好奇，依然熱情樂觀，但難免很多想法有所改變，所以很認真地把舊書從頭到尾讀過一遍，打算在新書開頭分享二十年後的心情和領悟。

翻開第一頁，過往的種種片段浮現眼前，那種感覺就像是回頭認識二十年前的自己。讀著讀著，一方面忍不住害羞——以前我也太有guts了吧！怎麼講這麼多細節？另一方面又覺得不斷強調活出自我價值、喜歡自己胖胖的外表等等所謂的「胖子哲學」，老實說有點此地無銀三百兩。現在的我，很明顯看出來當年並非那麼自信爆表、瀟灑豁達，就像小女孩酷酷地說全班沒有她喜歡的人，大人都心知肚明一定是情竇初開，她才會故意這樣講。年輕的我假裝不在意，表現出很開朗正向，其實根本過不去，所以要很用力地安慰自己，給自己打氣。

這種認知讓我想起參加《老少女奇遇記》的錄影經驗，節目的內容是媚姊、藝文加我三人出外旅遊，介紹各地的美景、人與人之間的情感，很真實地呈現生活的實境秀。錄影完製作人問大家：「在這個節目裡，有沒有覺得自己哪裡進步了？」對我而言，我發現自己更直接了一點。從小我就很喜歡結交朋友，唸書時這是件很容易的事，畢竟天天坐在旁邊，一起上課玩耍。在劇場也是如此，一群人合作舞台劇要混在一起幾個月，下一檔可能繼續配合，大半年很自然地熱絡。但是進了演藝圈，交朋友變得很困難，明明很喜歡對方，想打電話更進一步發展友誼，又很怕打擾人家，再說萬一別人不想跟我做朋友多尷尬。

參加這齣實境秀以後，我比較能夠勇敢地主動出擊了。節目裡有個很 nice 的小男生讓我印象深刻，我想交這個朋友，留了 Line，互傳簡訊，雖然只是噓寒問暖，但隱約都感受到大家不想因為拍攝結束而斷了這緣份，這樣直接表達多好！

以前的我有點矯揉造作，說穿了就是台語的「夭鬼假細禮」，貪吃卻假裝謙讓推託。可能是年紀也大了，現在的我比較大方地表達內在的需要，害怕東顧慮西都是自己嚇自己。也因此實境秀錄影結束後各地的朋友們，大家仍保持連繫，希望本來以為的一期一會，可以變成是三不五時來ㄎㄠ一杯的麻吉。

幾年前曾經上過「人類圖」的課程，那是根據你的出生時間地點，來得到一張地圖，也是你的使用說明書，讓人充分了解自己的本質，善用自己的天賦才華。上課那時我正懷孕，常常邊聽課邊打瞌睡，有些道理也似懂非懂，不很相信這個圖能分析出什麼，但很驚訝的是老師看了我的圖，第一句話就說：「讓別人笑不是妳的責任。」

以前總覺得諧星上節目或表演，沒辦法讓別人笑還混什麼？讓觀眾歡笑是我在演藝圈最基本必須盡的本分，做到時很有成就感，回家想到會手舞足蹈，沒做到就覺得很失敗，有種白領製作單位錢的感覺，因此老師的話讓我認真地想了想自己到底是什麼？到底要什麼？

不過，現在我又轉變為另一層境界：讓別人笑雖然不應該成為自己的壓力，可是讓觀眾、朋友笑是我想做的事情，以前當成在江湖上行走的能力和態度，現在則超脫多了，表演不是只要討好別人，而是自己也很享受。逗得別人開懷大笑不再是責任、工作，不會動不動想著這個哏有沒有得分，而是打從心底樂意散播歡樂。

最近跟姊妹們去台東旅遊也有同樣的感想。有一天大夥兒去泡海水，每個人享受的方式差異很大，有的人自顧自地默默泡著，有的人略顯緊張，我則是拉開嗓門大叫：「各位朋友，浪來了，快把腳舉起來，跟著浪花跳！」接著的烤肉 party，幾位仙女型的姊妹身心靈散放出寧靜優雅，以致現場氣氛有點小冷清，我就忙著拿椅子給她們坐，穿梭其間想炒熱氣氛。後來萬芳跟我說：「欣凌，我們出來玩，妳不是主持人，不需要怕冷場。下次要不要試試，先安靜十分鐘，看看會發生什麼事。」

我也很好奇這十分鐘的變化，但是，天知道這十分鐘有多長啊！我就像是坐在飼料盆前等著主人說：「好！」就可以馬上衝上前去大快朵頤的狗狗，所以「優雅」「淡定」，請等等我，我還在學習的路上。

重溫舊書，勾起一些近日的感觸，發現自己慢慢地成長，而年輕時代的「路數」宛如在水晶球中看得一清二楚：這個女孩表面好像很「無所謂」，其實就是年幼，有點不知天高地厚。而那段摸索向前的成長過程，雖然還沒有真正接納自己，卻是那麼純真。

前陣子，寫了封信給二十歲的我，這也是重新出書時想再次告訴自己的——

嗨，鍾欣凌：

在妳忙忙碌碌地享受大學生活的時候，

有些話我想跟妳說～

妳並沒有如願地在大五嫁人，
而是在快四十歲時跟一個男生組了一個小家庭，
生了兩個搞怪的小女孩。

有疼妳的家人、
有一條臘腸狗、
有一群好姊妹、
有一份好棒的工作、
有一個人旅行的勇氣。

請相信自己好漂亮，畢竟二十歲的女孩青春無敵。
請不要一直嫌自己胖，因為這絕對不是妳人生體重的最高峰。
妳會體悟到生老病死，親人的離去讓妳感到很傷心。
有很多沮喪的時候，但好險開心的時候更多。
要帶著愛遊蕩，妳會遇到好多精采的人跟美麗的風景。

最後，請一定要懷抱夢想，它會讓妳的眼睛閃閃發光。

總之，

妳的五十歲

挺好的！

敬，自己。

不是只要討好別人，
而是自己也很享受。
逗得別人
開懷大笑不再是
責任、工作，
而是打從心底
樂意散播歡樂。

目錄 CONTENTS

上篇—接受自己的樣子—

目錄 CONTENTS

下篇 ─我要散發演員之光─

上篇
接受自己的樣子

接受自己的樣子

瘦得下來也好，
瘦不下來也罷，
我總是要快快樂樂，
勇敢向前行。

你是故意的嗎？

「我就是個胖子。」

這六個字，聽的人可能覺得很容易，但說的人，卻很不簡單。

我是一直到了長大之後，才覺得，很多事情只要自己先講明了，就沒什麼了。

譬如說，我是個胖子，我就自己先講明，「嗨！我是粉紅豬！」自己先承認，別人也就不好意思再說些什麼。

燈不點不亮，話不說不明，就是這個道理。

高中的時候，我曾經試圖節食減肥，每天抱著餓得咕咕叫的胃，腦子裡想著我最喜歡的魷魚羹、排骨飯，流著悲情的口水。

有一天中午，我正默默地啃著水果時，一個平日與我交情還不錯的同學恰好經過，也不知她哪來的「靈感」，她居然走過來用力拍我一下，說：「吃那麼少！減肥喔？」

當時的我，頓時怒急攻心，兩眼昏花；你到底是什麼意思呢？想要昭告全天下我在減肥嗎？你是故意的嗎？

我不記得自己當時說了些什麼了，總之，我只記得自己歇斯底里地罵了她一頓，然後難過地大哭了一場。

我那同學也呆掉了，她完全沒有想到，一句玩笑話，居然會讓我有這麼大的反應。當然，氣過了也就算了，那個同學後來寫了一封好長的信跟我道歉，我看了之後有點內疚，有點抱歉，也有點感動。

需要不斷學習

那個時候，會覺得減肥是件丟臉的事情，其實就是還沒有學會接受自己的樣子，還不能認同自己的形象，在上了大學，正式接觸了表演課程之前，我就像一般的女生，對於「胖」這件事極為忌諱，超級敏感，可是當我走進演藝圈之後，我逐漸學會了一件事，那就是，胖這件事情，其實就只有兩種處理方式，一種是整身穿著黑色，畏畏縮縮，遮遮掩掩；然後另一種，就只有自己先毫不吝嗇地展露出自己真實的樣子，我就是胖，甚至，胖就是我的招牌，我的特色，甚至也有可能會是我的優勢。

選擇前者，是以一種很體貼，不打擾的方式在往前走；選擇後者，需要不斷學習，以及一段長長認識自己、面對自己內心恐懼的過程，然而，我認為那是值得的。因為恐懼並不會消失，它永遠存在，克服恐懼的方法不是消滅它，而是直直看著它，搞清楚它長得什麼樣子。

然後你就會突然發現，原來，它長得這麼不起眼啊？

所以，你看到我試過了那麼多的減肥方法，或許會說：「妳自己不都在減肥嗎？妳也不想胖吧？」但是，現在的我雖然覺得瘦瘦的相當不錯，但同時也認為胖胖的並沒有什麼不好，瘦得下來也好，瘦不下來也罷，我總是要快快樂樂，勇敢向前行。

把關於自己的事情，跟自己講清楚、說明白之後，真的是另一片迥然不同的天空。

我就是胖胖長大的

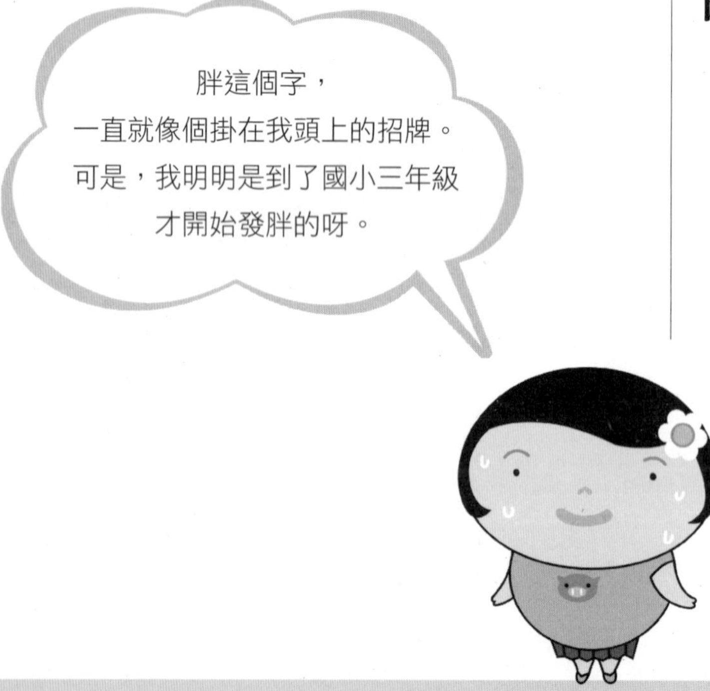
胖這個字，
一直就像個掛在我頭上的招牌。
可是，我明明是到了國小三年級
才開始發胖的呀。

前兩天，我在家裡整理一些小時候的照片，坐在床邊，就順手把一根巧克力棒放在床上。此時，我媽媽走了進來。她先是東摸西摸，顧左右而言他了大半天，在我房間裡轉了好幾圈。然後，才很客氣、而且帶了一點點委屈地說：

「啊、啊……阿妳斗麥呷這啦！」

我還來不及說：「媽，我自己的事情自己會管好啦！」她又幽怨地道：

「哎……當初安怎沒叫妳減肥？啊妳今嘛甘有想到減肥沒？……」

又好比昨天，我媽媽跟我說：

「ㄟ，阿湯在灶頂啦，ㄟ，要吃斗自己盛啦，ㄟ，ㄟ，麥呷尚好啦……」

吼！老實說，我實在是「歸巴肚火」哩！可是，想想媽媽也是關心加好意，還「粉委屈」，就算想發火，我也發不出來了。

脫離不了「胖」

我一直感到自己從小到大，就脫離不了一個「胖」字。譬如說，某甲若要跟某乙形容我，大概不會說：「啊就是那個眼睛大大的女生有沒有？」或是：「啊就是那個笑起來有兩個腮幫子紅通通的有沒有？」

我想，通常會是：

「啊就是那個胖胖的女生有沒有？」

胖這個字，一直就像個掛在我頭上的招牌。人人經過，都可以唸上兩句。可是我仔細觀察自己小時候的照片，咦，好像到了國小三年級之後，我才發胖的吔。在那之前，除了臉 baby-fat 之外，手腳也跟別人一樣細細長長，膝蓋骨也是凸出來的呀！

但不知道為什麼，我從小就深深記住這樣的訊息：

「我是胖子。」

說也奇怪，不知是心理影響生理？還是生理影響心理？這麼想著想著，長大後的我，竟然真的變得，胖胖的了。

以前常常可以看到一種小型的遊樂設施，譬如說在超級市場前面，就有好幾個，有的做成小汽車的樣子、有的做成小蜜蜂的樣子，還是什麼小摩托車呀，你投一塊、五塊進去，就可以坐在上面，那個小蜜蜂或小汽車就會搖來搖去，還附贈無料放送兒歌一首。

對吧對吧！我就知道你也記得。在我的印象中，很多人一直玩這種東西玩到小學五、六年級，可是我記憶裡的自己，好像只有幼稚園玩過，之後我就再也不玩了。不是不想，而是我覺得我坐不下。

可是，我明明是到了國小三年級才開始發胖的呀。

所以我在想，這段時間裡，發生了什麼事呢？為什麼我會根深柢固地認為自己一直是個胖子呢？是不是因為我父母都胖胖的，所以我就一直認為自己也是個胖子哩？還是因為我的臉從小就圓圓的，所以我覺得自己胖？

不過，我想最大的原因，還是在於「比較」。

「比較」之下，讓我有強烈自卑感。

我的兩個表妹從小時候就很瘦，不是普通身材，是瘦，從臉到腳趾都很瘦的那種瘦。臉也沒有嬰兒肥。

不只瘦，還會爭奇鬥艷。因為我阿姨會做衣服，她一做就是三套，兩件給我表妹，一件給我，可是不知道為什麼，我就覺得我的衣服特別大件，其實在我發胖之前，衣服實在沒有特別大件，但因為我的表姊都很瘦，我就會感到，同樣的衣服，她們穿起來特別好看。

我一個表姊學舞蹈，很厲害喔，舞蹈比賽全國第一名。另一個則是功課非常好，頂尖模範生那種。我呢，說實話，我從小就不是聰明伶俐的孩子，我很老實，很勤快，但我小時候是有點笨的。

所以，我猜你可以想像我的心情。你看，要比外在，有個小舞蹈家在前面，要比內在，又有個小學問家在那裡。

小孩子雖然懵懵懂懂，可是，對於自己在別人眼中的模樣，卻非常敏感，有時甚至敏感得過頭。於是，我便總是覺得，這樣的她們，不論如何都比我好看，就算只穿了什麼破布，也比我打扮得整整齊齊來得好看。

人就是這樣，不只是自大會膨脹，自卑感也會膨脹的。而且只要一旦開始，就會一直、一直、一直佔據在你心裡，並且抓住你生活中每一件事牢牢不放。你就必須在自卑感的陰影裡求生存。

隨著自卑感而來的，是對自己身體的不信任，對自己行動的不確定。例如說逛屆臣氏吧，瘦子絕對不會害怕那堆到天花板一堆一堆的衛生棉、隱形眼鏡藥水、促銷的巧克力；就算碰倒了，也不過就是不小心罷了。但如果是我碰倒了，很抱歉，不用說別人，連我自己都會覺得，「天啊，一定是我太胖，把東西擠翻了……」

有一陣子，我媽媽帶我出門，不管是逛街、走親戚，任何的時候，我都覺得好可恥，好難過，覺得給我媽媽丟臉。

那種強烈的自卑感，一般人可能很難了解吧！

有滋有味讓我胖

不過，我覺得我會變胖，好像我家人也要負一點點責任哪。

當然啦！我說的不只是遺傳基因的責任……

小時候我爸爸上班出門前，常會跟我說：「爸爸要上班囉，親一下給五塊！」五塊那時候可以買不少東西吔！你看，可以買一包王子麵，可以買小包的蝦味先或乖乖，或是一罐養樂多，還可以買十塊做成汽水瓶形狀的橘子橡皮糖，還可以買好幾顆沙士糖，還可以在雜貨店買一把巧克力豆……

我曾祖母也很疼我，沒事就給我幾塊小零錢。

所以，我小時候每天都要吃一包乖乖加養樂多，或是一包蝦味先加養樂多。

對，我說的是每天每天喔，現在想起來真的是有滋有味的回憶，不過在這裡也跟各位大朋友小朋友說，還是吃得有「展則」（台語，意為克制）一點好，因為就算你是趙飛燕投胎也禁不起這樣「照顧」的……

雖然童言無忌，但……

在成長過程中，我對一個小孩子印象很深刻。

那時我大概國高中了吧。我到一家錄影帶店去租錄影帶，那年頭的錄影帶店大多都是家庭式的小店，很多爸媽會帶著小孩到店裡去，再不然就是錄影帶店的老闆直接以店為家，你進去就看到他們在吃飯啊、看電視啊、小孩在旁邊寫功課啊什麼的。

我站在一排錄影帶前面，正拿下一卷好像很好看的電影時，一個小孩子就騎著一輛玩具車過來，對著我大聲又笑又叫：「哈哈哈！大顆呆！大顆呆！……」

當時我一言不發，放下錄影帶，掉頭就走，從此再也沒有踏進那家店一步。

我那時真的很困惑。我犯了什麼錯嗎？我對他做了什麼嗎？沒有呀！但他為什麼要這樣傷害我呢？

要說是小孩子天真，童言無忌，也可以。但是我很清楚地感覺到，不只是那樣，真的不只是那樣，他的言語裡有強烈的惡意，那是人性在未曾受到良好教育下所迸現的，怎麼說的，每個人與生俱來的卑鄙的一面吧。

老實說，現在我有點壞心眼地想看看，那個小孩子是變成怎麼樣的一個長相？他還能夠自信滿滿地隨便羞辱別人嗎？

我必須承認，我是經過一段時間之後才將這個創傷撫平。可是，我現在並不感到什麼不舒服，因為我相信，莫名其妙地承受著這種沒有原因惡意的人，絕對不只我一個，每個人一生中或多或少，都會有類似遭遇。事實上，小孩子因為很真實，所以有時也很殘忍。譬如說，有的小朋友可能因為行動不方便，或是外表有缺陷，甚至是家境不好，就被同班同學排斥、嘲笑、捉弄。所以我遇到這樣的事，並不算什麼大不了。

但這件事情其實讓我學到很多，我發現很多事情其實是要自己承擔的，就算是父母家人，你或者可以向他們訴苦，他們也會安慰你，但真正能將你從難受、憤怒、傷心種種情緒的泥沼中拉出來的，還是你自己。這些負面的東西沒有人能替你抵擋、替你承擔，你只能自己消化掉，想辦法讓它對你產生正面的效果。

就好比苦瓜，吃起來真苦，長得也實在有夠醜，捏著鼻子吃下去，心裡當然滿怨嘆的，為什麼我要吃這種難吃的玩意！可是，苦後會回甘，加上它清心降火又去毒，而且營養豐富，在你的身體裡就有了成長的力量。

當然，自卑感的陰影並不是那麼快可以抹除的。直到現在，我還是覺得自己有些自卑，但是我知道我不能讓自卑影響到自己，我知道很多事情其實就像苦瓜，難以下嚥，但其實對我有好處，我要勇敢接受它。

這應該是我成長過程中，所學到最重要的事。

不只是自大
會膨脹，
自卑感
也會膨脹的。
豬喔
再吃喔~
哈
那麼胖還吃
肥豬
豬啊
漢堡在發光，眾人的眼光，小胖子的淚光，
我的世界沒有光；
因為你們的眼光，
所以，我的世界沒有光……

胖子糗事一籮筐

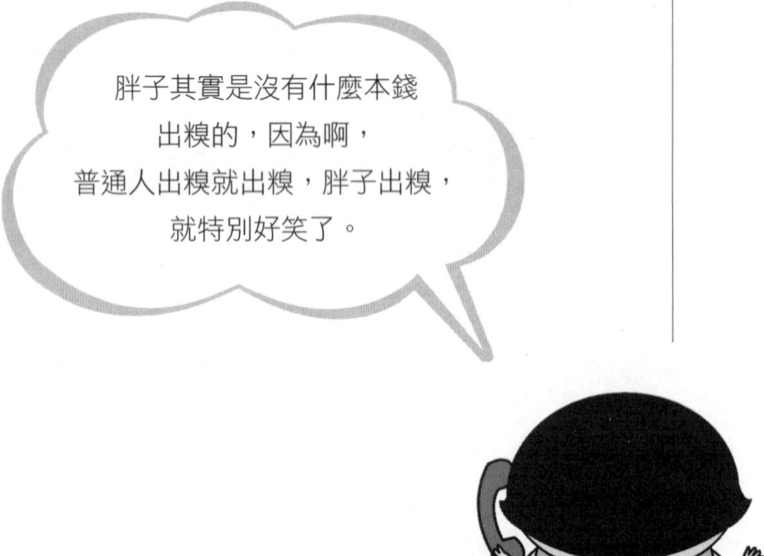
胖子其實是沒有什麼本錢
出糗的，因為啊，
普通人出糗就出糗，胖子出糗，
就特別好笑了。

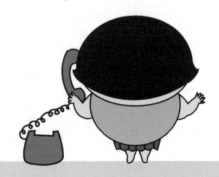

為什麼偏偏是我

我永遠無法忘記那一次。那天，我在公車上，其實我已經不大記得自己當時要去哪裡了，只記得那是很普通的一天、很普通的一部公車、很普通的司機、很普通的乘客、很普通的天氣……

總之就是那種沒什麼大事的日子。普通到你完全不覺得會發生什麼怪事的一天。

我抓著公車吊環，隨著公車進行，晃來晃去。

正當車子開得非常安詳，我也非常安詳，感覺全車都非常安詳，非常安詳的時刻。

我突然摔倒了！砰一聲莫名其妙摔在地上！

在全車眾目睽睽之下，我就這樣與公車的地板雙宿雙飛著。

摔倒的那一剎那，我真不知道自己身在何方！發生什麼事了？我怎麼會在這裡？我剛剛不是安詳得很嗎？我不是站得很好嗎？難道我在大白天做夢嗎？

在公車的行進間，我艱難掙扎還爬不起身來，而且同時，我發現我手上多了一樣東西！這個東西，叫作「公車吊環」！

天哪！天哪！各位！公車上的各位！我是無辜的！它、它雖然斷在我手裡！但絕不是我將它扯斷的！

我脹紅著臉，完了！別人一定都會覺得是我太胖把它拉斷的！可是，它真的本來就爛爛的嘛！或許，它就是大限將至，到了壽終正「斷」的時候！但為什麼偏偏偏偏就是我？吊環君！為什麼你偏偏要選在我拉著你的時候斷掉呢？

我感到四周一片黑暗，然後，砰匡！

你聽到打 spotlight 的聲音嗎？

我聽到了！因為，我正是 spotlight 下，咬著手帕，滿天狂風捲落葉，兩行眼淚掉下來，那流浪天涯一孤女……

我不是懷孕，我只是胖！

還有，以前有人講笑話說，一個胖妹上公車，結果人家以為她是孕婦，讓位給她……

不是蓋的。我真的碰到過這種事。

那也是很普通的一天，普通到你真的不認為還會再發生吊環斷掉這種怪事的一天。

當時我已經上大學了，那個時候，我很喜歡穿一種長長的洋裝，後面有帶子綁個蝴蝶結的那一種，老實說，剪裁的確有點像孕婦裝，不過我自己覺得，穿起來很輕巧，配一雙白布鞋，感覺「粉自然、粉健康」的。

可是，這個粉自然、粉健康、粉輕巧的「自我感覺良好」，馬上就……因為，我一上車，一個非常善良的男生，一看就是個好小孩的那一種，很快地站了起來，而且非常陽光，微笑地，看著我……然後，他什麼也沒有說，默默站到後面去……

那個當下，各位覺得，我能說什麼呢？我除了充滿感激地看著他，並且充滿感激地坐下，充滿感激地在心裡暗暗悲傷「我胖就算了，有那麼老嗎？」之外——除此之外，我還能怎麼樣呢？

難道我能說：「不，小弟，我不是懷孕，我只是胖。」嗎？

顯然不行。所以，我對這位小弟說（壓抑著聲音的顫抖）：

「謝謝！」

然後下車的時候，為了鼓勵小弟弟的日行一善，我還特地扶住我的腰，走起外八字，千萬，千萬不能讓人家發現，其實我不是孕婦……

多游幾圈

我還想起一件粉辛酸的事。

我家樓下有一個游泳池，以前有一陣子我常去游，但也有很長一陣子我再也不去了，原因是我爸爸。

你知道的嘛，游泳池旁邊最不缺的就是什麼？就是漂亮美眉啊，那種身材很好、長得很漂亮的女生，當然，也有很多男生，所以，我每次去游泳，從不做暖身運動，總是像救火一樣劈哩啪啦把外衣趕緊脫光，然後趕緊跳下水去。一分鐘也不會在岸上多待。

有一次，我游著游著上來之後，管理游泳池的伯伯看到我，一點也不委婉，就在其餘泳客面前對我說：

「啊妳怎麼游這樣一下就起來了啊？妳爸爸有交代啦，說妳太胖了要多游幾圈啦，偶要盯著妳ㄋㄟ！」

天啊！你知道那有多糗嗎？從此之後，我有好一段時間，不敢也不想去游泳。

唉！難道人一胖，就無所遁於天地之間了嗎？

飛魚飛不起來

不過平心而論，我還滿喜歡游泳的，因為我會蛙式、自由式、仰式，游得還不錯呢。

而且比起其餘的運動，游泳可以說是對我很客氣的了。像拉單槓，我一個也拉不上去，一拉就掉下來，我記得有一次，老師都還沒開始計時咧！我就已經撐不住，鬆手了！

但，這種對游泳的自信，也曾讓我在全校面前丟了一次大臉！

那時是我們學校全校的游泳接力賽，我因為游得不錯，也是其中一棒，大家一定都看過奧運吧？奧運選手游到終點時怎麼上岸呢？他們都會用又長又結實的雙手優雅地按住游泳池岸，兩臂一撐！嘩啦！就像一尾會飛的魚一樣輕輕巧巧上岸了！連一絲多餘的池水都不會濺起！

我呢，那天也不知道哪根筋不對，突然很想那樣耍一次帥，所以，當我游完我那一段，到達岸邊的時候，我也很瀟灑地，在全校的注目下，雙手優雅地按住游泳池岸，兩臂一撐！嘩啦！

咦！我怎麼沒有像一尾會飛的魚一樣輕輕巧巧上岸！我、我怎麼又回到游泳池裡了？還濺了滿地的水？

真是太丟臉了！我只好在全校學生老師面前，抱著破碎的「嘩啦之夢」，從旁邊，經過一條一條分隔水道的浮標線，游到梯子旁邊上岸。

那真是我走過（或游過），最長的一段路啊……

我的胸部不是拉麵

國中時代我們都讀過「數大便是美」這句經典名言，可是很多時候，不見得美。

像我，發育得早，而且在剛發育的時候為了維持可笑的自尊，抵死不肯穿胸罩，只肯穿那種背心式的小可愛，於是造就了我現在「一垂三千里」的上圍，在台灣先不管內衣漂不漂亮，我光是連 size 都很難找了，所以若有機會出國，尤其是去美國，我就會買一大堆內衣回台灣，因為只有在那裡，我才好買，而且，美國賣內衣的地方常常是一家購物中心一整層都是開放式貨架，你可以自己慢慢挑，不會有熱心過度的店員一直跑到試衣間外問：「合不合？合不合？要不要我幫妳穿？會不會太小？」總之，對我來說，美國就是內衣天堂。

可是，我並不是天天去美國啊！常常還是得在台灣買內衣，可是，我只要一走進店裡，店員就會用很嚴肅的口氣對我說：

「喔！小姐！妳胸部下垂很嚴重吔！」甚至直接用「托塔天王式」，用她的手「掂」起來我的胸部！一邊「掂」，還一邊露出「學術研究」的表情，叫我躲也不是，走也不是，況且，既然被「掂」了，轉頭就走就太划不來了，萬一到下一家，我又被「掂」一次，那不是虧大了！

好吧，只好決定就在這家買。我看著各種繡花、鏤空、蕾絲，各種顏色款式——咦！那一件好漂亮！不但綴了可愛的小鑽，花樣也十分秀氣，可是、可是……

「嗯……（先試探性地把眼光游移到那件內衣附近）……那件……（聰明的就不要我問下一句啦！「有沒有我的 size」這種話我實在很難出口啊！）」

還不錯，這個小姐頗為聰明，馬上接一句：

「喔！那件不錯喔！有妳的 size！來，我拿給妳看！」

正當我躊躇滿志，準備迎接那件可愛的小內衣時，小姐笑盈盈地從裡面出來，手裡捧著——不對，小姐！我不是來吃麵的！妳拿兩個碗公出來做什麼？

可是已經來不及了，她已經在眾目睽睽之下，抖開那件內衣：「妳要不要去試穿看看？」

別……別這樣啊！不知為何，原本看起來玲瓏俏皮的可愛小內衣，一旦以「碗公」的狀態出現，馬上就變得好恐怖！碗公！走開！我……我……我的胸部又不是拉麵！要裝在碗公裡！

於是我馬上「謝謝！再聯絡！」逃離命案現場，心裡默默地想著，唉！還是有機會去美國時，再多帶幾件回台灣吧！起碼，胸部不會被「掂」，而且碗公滿街走，以我的尺寸來說，可能只算個普通飯碗呢！

我的好朋友長瀨，也是個胖子，他的糗事，比我還精采。

話說某日他與朋友約在某咖啡廳見面談事情，他先到了，就坐了個好位子等人，結果，對方一到，他馬上站起身來與對方打招呼——

「ㄟ！我在這裡！」

嗯……嚴格說起來，是他，與他的椅子，一同起立致敬。

因為，那個有著扶手的小椅子，竟然箍住他的屁股！於是那張椅子就黏在他的背後，默默地隨著這位客人的屁股搖動著。

你說，胖子怎麼能不樂觀點呢？拉斷公車環、被專櫃小姐「掂奶」這些事，發生了，你要胖子怎麼辦？也只能「哼哼」，笑個兩聲連連帶過。

所以，很多胖子的搞笑天分，樂觀個性，其實常常是從不可思議的糗事裡孵化出來的呢，沒有這種幽默感的話，若再發生「屁股連椅拔」這種事，大概要回家自閉加上頭上長斜線，這樣悶個三天三夜吧！

舉步維艱的青春期

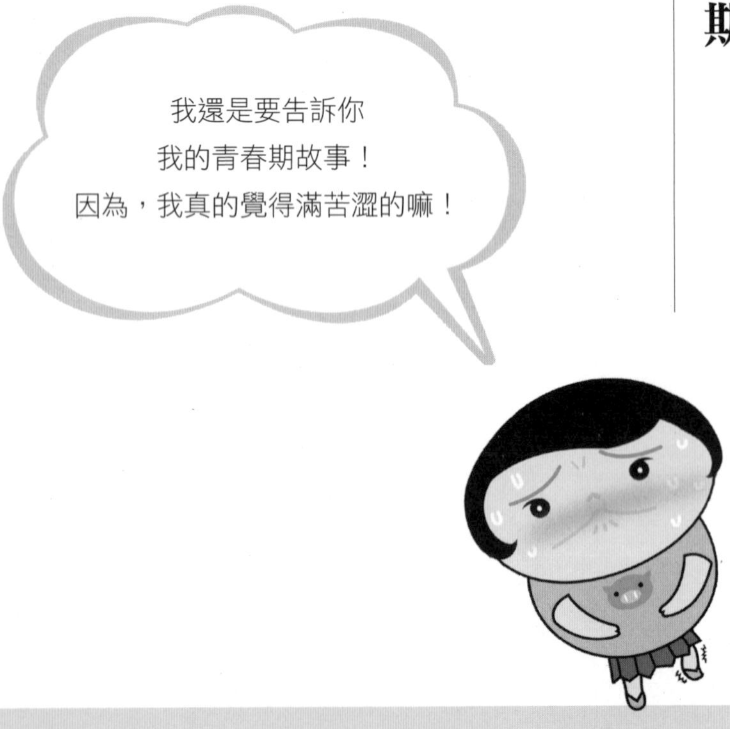
我還是要告訴你
我的青春期故事！
因為，我真的覺得滿苦澀的嘛！

喂喂喂，這可不是說我青春期胖到舉步維艱，不要亂想啦！我是說，我的青春期其實滿為難、滿苦澀，好像每一步路都走得很辛苦。

什麼？大多人都是這樣的?!美女帥哥也不例外?!

好吧。

但是！我還是要告訴你我的青春期故事！因為，我真的覺得滿苦澀的嘛！

敏感又徬徨

我發現，外表真的能影響一個人很多事情。一個人是充滿自信，或是自卑畏縮，外表經常是很重要的因素，甚至是最原始的原因。

我想這跟目前社會上的價值觀多少有一點關係吧！快速的步調、快速的流行、快速的生活。我們實在沒有時間沉澱下來，好好認識一個人，只好以最簡單、最直接的「外在」來評斷一個人。而那個人，也很容易因為別人的評價，而失去對自己的把握。

我的自卑感在青春期非常嚴重，其實我相信每個人在青春期都是敏感又徬徨的，因為你已經不是小孩，卻也不是大人，不知道該怎麼辦才好。

尤其女生，要面對月經或胸部這種「殘忍的現實」，實在很不容易。因為，青春期的代名詞，就是彆扭又古怪。青春期的孩子，多半覺得自己是個「怪物」，而我身材既然與別人不同，居然還有胸部、還有月經，我真覺得自己是個怪物中的怪物……

像我發育得早，小學四年級就開始了第二性徵，我雖然知道，那些現象都很正常，甚至我也知道許多人還要特地跑去隆乳，有些人青春期沒有來經媽媽還要帶她去看醫生……

這些我都知道，但是，我就是會感到不舒服，感到不好受，感到驚慌。如果有人發現我胸部長大了，或發現我月經來了，我……我想都不敢想！我媽媽帶我去買衣服，我都要把背彎著，店員小姐都說：「有胸部很好呀！沒有才要煩惱呢！」可是我還是把背彎著。不管、不管你怎麼說都沒用。

像我到了國二，我表姊問說：「ㄟ，欣凌，那妳是什麼時候來的？」

我遲疑了一下：「嗯……大概國一吧。」

你看，到那個時候我都還在粉飾太平呢！沒辦法很進入狀況，很坦然……

還有，我記得小學大概五、六年級吧，有一次班上幾個男生在那邊翻女生抽屜，小學男生都很野啊，然後他們翻到一個女孩子的抽屜，發現一個肥皂盒，打開來，居然是一塊衛生棉！

那幾個人像挖到鑽石一樣，抓著那塊無辜的纖維組織，大叫大跳：「嘿！麵包！麵包！麵包喔！」

我當時站在旁邊其實是很震撼的。一方面我在想，如果是在我的抽屜裡發現，我應該會直接轉學。一方面，我又有一種找到同類的喜悅，從此以後，我看那個女孩的眼神都不一樣了，原來，她也跟我相同，是個「會流血的人」呀！那就像一個獨自走在暗巷的人，突然發現前方有同伴，那種安心、釋懷，與放鬆的奇妙感受。

全校男生都在看我

我一直跟我媽媽ㄍㄧㄥ了很久，才肯穿胸罩。

什麼！穿什麼胸罩嘛！我還是小女生吔！胸罩是那種阿姨才有在穿的啦！

而且、而且、人家胸部、哪有大到要穿胸罩嘛⋯⋯

就是這樣自我欺騙，自我催眠，假做沒事人狀，其實有沒有事呢？當然有！但我就是死也不肯穿上那玩意。

等到五、六年級開始穿那種真正的胸罩，渾身都像長了刺一樣，覺得完蛋了完蛋了，死了死了，別人一定知道了。

我那時候是班上胸部最大的女生，其實說起來也不是什麼波霸，但一比較之下，覺得簡直不能做人了！當然，男生都很樂，被我的發育逗得很樂，我才發現自己原來變成班上的開心果了，可惜這個開心果本人不怎麼開心，只覺得又悶，又可恥。

尤其是那時候小學都要做國民健康操，做到第九個跳躍動作的時候，天啊！我都叫它作「跳躍地獄」，我每次都腳尖黏在地上成彈簧狀，休想我真的離開地球表面。而且，還要東張西望，看有沒有人在偷笑。但就算沒有，就算誰也不曾注意，我還是覺得全校的男生都在看我。

健康檢查像世界末日

因為胖，所以考跑步的時候很悲慘。我很怕跑得慢，瘦瘦的女生跑不快，大家都覺得她好嬌弱；可是像我是個胖女生，跑不快，人家就要笑妳了！所以我必須像後面有鬼一樣拚命跑，甚至每次都想要偷跑。

還有，每學期量體重的時候，健康檢查的時候……

我真不知道怎麼形容那種感覺啊！好像是，世界末日也不過如此吧！

而且，那種恐慌到了一個極點，「物極必反」的現象就出現了，從教室到保健室的一段路上，我不是緊張到說不出話，而是跟同學又說又笑又打又鬧，我假裝自己不在意，或許，別人也就會不在意了！所以，從外面看起來，鍾欣凌量體重可是樂得很呢！不過很抱歉，她內心的那個小鍾欣凌卻像熱鍋上的螞蟻，一面哭叫，一面跑來跑去……

或許是因為胖的關係吧，我永遠都覺得我跟人家不一樣。

或許有些人會刻意為自己製造一些與大眾不同的東西，但那是他們自願的。我不是，我不喜歡這種不一樣，這不是我要的，我想要跟大家穿一樣尺碼的衣服，穿一樣尺碼的褲子。所以我那時候最喜歡的就是買鞋子，因為只有買鞋子我不會遇到「太小了！」或是「這個我穿不下！」的尷尬，也只有買鞋子的時候我能說：「這個太大了！」

這種感覺很難受。譬如說以前學校要抽血，別人都抽一下就好了，我不是，我多戳了一針才抽到血。我第一針刺下去沒抽到的時候，我頓時覺得天旋地轉、日月無光、星星全部掉下來、海水倒灌、火山爆發……

完了！死了！一定是我太胖才會抽不到血！

其實，這根本沒什麼嘛！滿多人都是這樣呀！有時候血管不好找，如果護理師的技術又不是太高明，扎個兩、三次很普通的哩！

可是我那時候就是看不開。

成長的滋味

青春期本來就很敏感，容易為了很小的小事鑽牛角尖，現在回想起來，除了覺得苦澀之外，也覺得，唉，怎麼為了這一點點點點的東西，就焦慮成這樣呢？當然，長大之後可以很坦然，譬如說量體重，就量嘛，啊，幾公斤？七十六喔？咦！我上次量八十吔！瘦四公斤了吔！譬如說月經來，我前幾天排戲，我就拿著衛生棉跟劉亮佐說：

「喂，劉亮佐，我要去換衛生棉。」

劉亮佐楞了一下，說：「欣凌啊，妳要換衛生棉幹嘛跟我報備呀？」

我漸漸發現，有些事情其實只要自己先說破了，自己先扯開了，那麼大家都能很坦然了，就像我現在告訴你，我是個胖子，沒什麼，事實嘛！我就不怕自己的胖再給我帶來什麼太大的困擾。

但那時候，真的是覺得，生活中有好多叫人得咬破嘴唇闖過去的關卡。

這就叫作成長的滋味吧。

我親愛的好朋友

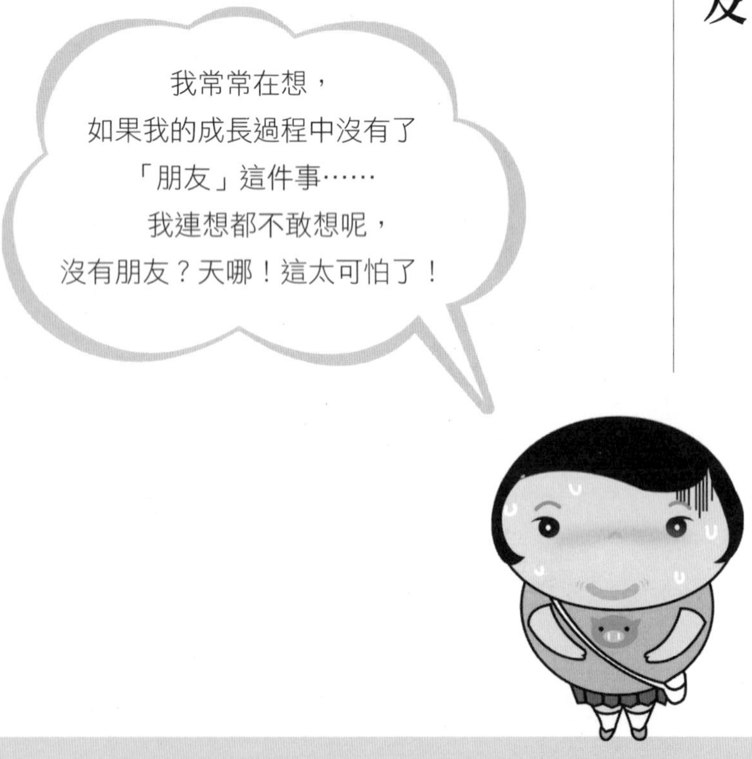
我常常在想，
如果我的成長過程中沒有了
「朋友」這件事……
我連想都不敢想呢，
沒有朋友？天哪！這太可怕了！

我常常在想，如果我的成長過程中沒有了「朋友」這件事……

天哪！這太可怕了！

或許很多人會覺得，哎呀，妳說話太誇張了，沒有朋友就算了嘛，很多人沒有朋友，還不是活得很好？三餐也沒少吃一頓，衣服也沒少穿一件。

其實我相信是這樣的，有些人，並不一定需要朋友，譬如說，你看日劇、韓劇或漫畫裡，不是經常有一些冷艷美女，或冷酷帥哥嗎？他們獨來獨往加自立自強，旁邊的人看他們，又羨慕、又崇拜、又迷戀。

現實生活裡其實也有這種人，可是，我並不屬於那一群。

甚至我連「一般人」都不算。前面我也跟大家聊過，我從小最大的心願，不是出人頭地、揚名立萬、眾所矚目、受人愛戴……

我只想跟別人一樣。不用特別瘦到像模特兒，只要跟別人一樣就行了，不要讓我走到哪裡都被人注意，甚至讓人家偷偷地取笑。

我不敢說自己成長過程中遭遇了多大的苦痛。畢竟這個世界上，比我承受更大折磨的人，真的太多了。但是，我想我的確是受過一些一般人可能不會碰到的困窘、甚至創傷。

但是，我很幸運。因為我有好朋友。

從火車車窗進來的魯維靜

我最要好、最要好的朋友，叫作魯維靜。

魯維靜跟我完全是兩個類型。她長得很美，瘦瘦的，那種漂漂亮亮的小女生。

你說，有多瘦？

那麼，我告訴你個故事，你就知道她多瘦了。

有一次，我、魯維靜，還有另外兩個男生，去淡水玩。

那個年代可還沒有什麼捷運這種好事，要去淡水，就得搭火車。

結果，中間也不知怎麼搞的，火車的班次沒弄清楚吧！我們得趕上即將離站的火車。否則，就得等一段時間才搭得到下一班。

那場面真是「浪漫」呀。兩個男生跑在前面，兩個女生跑在後面，追趕著緩緩開動的火車，有沒有很青春電影的感覺？

不過，我可一點不覺得青春，我腦中只有一個念頭——「拜託！我不能跟不上他們！會被笑死！」

或許是腎上腺素的功勞吧！我趕上了火車，兩個男生跳上去，然後回過頭把趴在門邊的我拉進來。

嚴格說起來，不是趴在門邊，而是我使用了飽含腎上腺素的力氣把接近關閉的車門狂亂地扒開。沒錯，你沒聽錯，我就是把火車門給活活扒開了。或許是怕被遺忘、怕落單的種種恐懼，一次湧上來了吧？要不然，實在也不知道哪裡來那麼大的牛力。

我喘著氣，心中還頗得意，究竟是給我趕上了。胖雖胖，跑起來還好不輸人。

就在這時，我看到了讓我大驚失色的一幕：魯維靜還在月台上跑！而火車，眼看就越開越快，人腿將再也追不上了！

天啊！魯維靜！妳怎麼還在月台上！我、我、我怎麼辦？我跟這兩個男生去淡水幹嘛？他們是妳的朋友啊！妳如果不上來我就死定了啊！我跟他們完全沒有交集啊！

此時，我們發現不斷對著窗戶喊「快點」或「加油」，都沒有用。唯一的方法是，把她拖上來。

從火車窗戶裡拖上來。

我想你可以想像，伸出她的手，由兩個男生從火車那窄小車窗拖上來的魯維靜，有多麼地瘦了。

給我力量的朋友

或許你會問我：「喂，鍾欣凌，難道妳跟這樣的小女生做朋友，沒有壓力嗎？不會覺得自卑嗎？」

一點都不會。

這是我覺得魯維靜最可貴的地方，我相信，不管什麼人在她旁邊，都不會感到一絲一毫自卑。就算她是一個非常出色的女孩。

魯維靜就是有這種、這種、這種「能力」。怎麼形容呢？大概就叫作「如沐春風」吧！譬如說，一群女生常常嘰嘰喳喳地說些廢話，這裡面的廢話中，一定有一句是「哎唷——好討厭——我又胖了一公斤——怎麼看唷——」之類的。

再不然就是，例如一陣子沒見，然後跟你講話開頭第一句就是：「啊欣凌妳變瘦了喔！」

唉，難道我這整個人就被化約成「胖」這個概念嗎？所有的人都只關心我的胖瘦嗎？

我知道有時那是客套話，有時那是一種「示好」的方式，但我就是不喜歡這種事。客套話百百種，一定要挑胖瘦做文章嗎？示好的方式萬萬種，我相信一定有別的說法。

魯維靜就從來不說這種話。

當然，她也不是那麼鄉愿地完全不談這些，畢竟我胖是事實，大家都看得到，但是她每每在旁邊鼓勵我，支持我（雖然我知道要「支持」我是滿辛苦的——呵呵）。我說的鼓勵與支持，是「真心誠意」的，不是那種「啊——加油喔——」空泛虛無的場面話。

譬如說，我暗戀上哪個男孩子的時候，通常都會因為「相思難耐」而不思茶飯，多少會瘦一些，她就告訴我：「欣凌！妳要加油喔！瘦下來會很好看喔！那個男生一定會喜歡妳的喔！」

我還記得國中的時候，我們常常到國父紀念館附設的圖書館唸書。唸什麼書呢？坦白從寬，從來沒有唸什麼書啦！

都是一群男生女生到那邊，大家把書包放下佔好位置，就從國父紀念館一路開拔到SOGO附近吃早餐……

那時一群男生裡，我暗戀著一個一百八十三公分的男孩，而且，每次都會穿著當時最流行的緊身牛仔褲——緊到讓人沒法呼吸的那一種——不要笑！在當時，那真的是最流行的吔！

有一次，不知道為什麼，我跟那男孩有一個機會單獨約會，赴約前，魯維靜特別叮嚀我：「欣凌，我跟妳說喔，妳到時候千萬不要點咖啡！因為嗄，我也不知道為什麼，咖啡喝完嘴都會臭臭的！還有那個，妳不要一下把飲料都喝光，要留半杯！留半杯喔！要記得！」

魯維靜就是這樣的一個女孩。她試著教你怎麼愛自己，然後給你最多的力量。為了穿一件好看的T-shirt去舞廳玩，是魯維靜陪我躲到MTV裡，兩個人像拔河一樣把T-shirt拉大，好讓我順利裝入那件慘遭拉皮的上衣裡。

我記得HBO有一個影集《慾望城市》，裡面有一集談到「分手法則」，其中一條就是：「分手的確需要時間讓傷口癒合，不過如果你沒有好朋友陪伴著，你絕對撐不過來。」我相信，對我來說，這麼多年來如果沒有魯維靜，我也不能撐過來。

後來魯維靜出國唸書了，她剛走的時候，我每天都在浴室哭，接到她的信也哭，然後想到就很傷心。還是小朋友嘛！最好的朋友遠隔重洋，寂寞又孤單的心情多麼難受。

不過，就算是隔這麼遠，我跟魯維靜到現在，都還是最好最好的朋友。

情書大哉問

我平生第一封情書，是在高中時代收到的。

那時候我跟班上幾個同學一起補習，有一天下課時，一個同學似笑非笑地遞給我一封信：「喏，一個男生叫我轉交給妳的。」

我們那一群女生都鼓譟起來，只有我，頭昏昏的，接下那封信，真的，腦子一片空白，如同身在雲端。

誰都喜歡收到情書。像日本漫畫裡有沒有？那種很紅的女生都會在學校的櫃子裡收到一大堆（一打開櫃子就嘩嘩地掉出來）的情書。然後她就會不屑一顧地把它們統統丟到垃圾桶……

老實說，我雖然默默地喜歡男生，但心裡面對自己，並不抱什麼太大的希望。而這樣的我，竟收到了一封字跡清秀端正（人想必也是），使用香水信紙（好有心），而且內容誠懇、文理通順（一定功課不錯）的情書！

內容大概是說，「鍾欣凌同學妳好，我是某某高中的某某某，跟妳在同一家補習班，我覺得妳很可愛，我很想跟妳做朋友，可是妳都很少來補習，希望以後可以常常看到妳……」之類之類的。

收到那封情書後，下一次我去上課，就精心挑選了我覺得最美的衣服。那個男生坐在哪裡呢？長得怎麼樣？他注意我很久了嗎？這麼大一班，我有沒有跟他講過話啊？如果他來找我說話怎麼辦？好緊張好緊張啊……

從此，我再也沒有蹺過補習班的課，而且每次都早早到，坐定一個最優雅的姿勢，再也不歪七扭八地趴在桌上打瞌睡，上課一定托著腮，閃著亮晶晶的「求學之眼」，做出端莊賢良氣質美女的模樣……因為有個男生，一直在角落（啊，說不定不是角落，是走道，不過說角落聽起來比較浪漫）靜靜地注意我呢——

但奇怪的是，我從此每課必到，卻再也沒有他的消息。

我心裡當然很按捺不住，這個男生，光有名字，但一班一百多個人，我們又謹守「男女授受不親」的鬼矜持，跟同班的男生總是不熟。到底！他到底！是哪一個！為何從此就沒有消息了？

有一天下課，我再也無法忍受了！我拖著同學，跑去跟導師打聽那個男生的位子坐在哪裡，導師卻死也不肯說，只是笑著糊弄我……

當然，我不敢私下打聽，也不敢問別人，只好老實地每週必到，每週必打扮，每週必緊張……以防哪一天，那個我腦海中高高瘦瘦的小帥哥，親自把信拿來給我……

很多年之後，在高中同學會裡，我突然想起這件趣事，我問當時跟我一起補習的死黨：

「ㄟㄟ，妳們還記不記得，我在補習班啊，有一個男生好像叫陳鎮典，有寫情書給我有沒有？這麼多年我都不知道他是誰，好想看看他長什麼樣子喔——！」

這時，大家都楞在當場，我也楞了，不會吧，妳們不記得啦？不要告訴我沒發生過這回事！我可不是在發春夢啊！信我都還留著呢！

然後，她們統統大笑起來——

「妳還記得這件事啊！」

當然記得啊！那可是人家生平第一封情書呢——

「欣凌！我們都以為妳忘記了咧……老實說，那是我們幾個寫的啦！而且，妳不覺得奇怪嗎？怎麼會有人叫正點。」

什麼!!

「那時候，妳都懶得來補習，我們很擔心吔！而且補習費都交了，不補超浪費好嗎！所以我們就想出這個方法看妳會不會乖乖來補習，結果還真有效——」

那……那……那導師……

「導師也跟我們串通好的啦！」

那個男生……

「他完全是人頭戶！幽靈人口。」

事情到此，已經非常清楚了！這些居心叵測的女人！為了拐我去補習，不惜……不惜……

不過，我雖然感到有那麼一絲絲（真的只有一絲絲）的幻滅，但更深的是感動，會找你吃吃玩玩的朋友，找你逛街血拚的朋友，都不算什麼。我的這些朋友，因為擔心我不去補習，勸我又勸不動，居然挖空心思，還跟老師串通好，設下這道「美男計」「情書陣」，讓我每個禮拜都充滿期待，乖乖去補習班。

你說，我還會在乎這封情書是真是假嗎？（好像挺在乎的）

有一陣子，我自己在工作跟生活上都好虛脫。我覺得自己忘記了對表演的熱情，工作很忙很緊，我沒有時間跟家人相處，我哥哥跟我爸媽說：「啊欣凌是還活著嗎？我好像有好幾個禮拜沒看到她了……」

許多許久未見的好友，原本都是最親密、最交心的姊妹淘，見面時卻只剩了客套的問候，我們互相其實都該有許多話要說，但每次通話，中間卻隔著莫名的膠著……

最近，感覺到自己漸漸在恢復中。有一天，我去好友單承矩家，大家玩著玩著，承矩突然對我說：

「欣凌，不管怎麼樣，要記得我們都在這裡喔！」

「我們就是喜歡這樣的妳，別硬要改變妳自己，那樣我們反而覺得不對勁、不習慣。」

我不知道怎麼形容那種感覺，好像長期的鬱結唰一下，就這樣被解開了，又好像自己迅速充了滿滿的電，明天又可以抬頭挺胸，繼續努力。

真的，沒有這些好朋友的存在，我一定不會是現在的粉紅豬。

「我們就是喜歡這樣的妳，
別硬要改變妳自己，
那樣我們反而覺得不對勁、
不習慣。」
胖子很快樂
畫自己很簡單
有圓規就行了。

對面的男生看過來

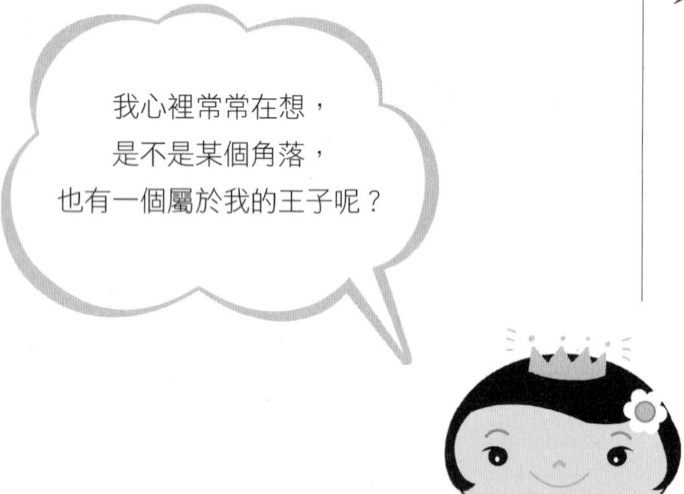
我心裡常常在想，
是不是某個角落，
也有一個屬於我的王子呢？

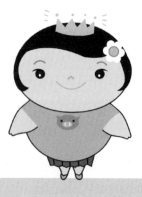

我，喜歡男生！

沒什麼好不好意思的呀。我雖然胖胖的，看起來無憂無慮、無牽無掛、天真活潑又可愛……

但，我還是有一顆女孩子的心，跟這世界上千千萬萬的其餘的女生一樣。我心裡常常在想，是不是某個角落，也有一個屬於我的王子呢？天上的星星好多好亮，那些星星裡，總該有一顆是我的吧？

泳衣當作調整型內衣

記得我國中的時候雖然游泳游得不錯，但我很討厭上游泳課，因為，學校所規定的、在合作社買的泳衣，對我來說實在很勉強，我還記得當時我到合作社去，力持鎮靜地對合作社的人說：

「嗯，小姐，我要買泳衣。」

合作社小姐以為難的語氣說：

「ㄟ，ㄟ，這位同學，我們可能，嗯，那個，那個，妳的size……」

我真佩服當時的自己。雖然心裡在淌血，居然還能在人聲鼎沸的合作社，處變不驚地對那位小姐說：

「那，沒關係，妳就給我最大的好了。」

回到教室，我花了好大的力氣才把那件泳衣硬扯上我的身體。不誇張，如果那件泳衣的纖維有其極限的話，我一定讓它遠遠超越了那個極限，因為，在穿上的過程中，我聽到了「劈劈啪啪」線頭裂開的聲音，好不熱鬧啊！

講起來很難為情，因為那件泳衣太緊了！緊到我的肉都從邊邊擠出來了！嗯，看起來跟摸起來，有點像……有點像不是圈圈狀的貝果吧！

擠出來就算了，更為難的事情來了，上體育課的時候，如果只是我們女生一班就算了，萬一剛好有男生班一起上，又萬一剛好那班上有喜歡的男生的話。我就覺得——人生真是萬劫不復——平常穿著制服就算了，肉多肉少，起碼有塊布包著，裡面究竟是什麼樣子，誰也不清楚，現在穿著這件泳衣，身上的肉一覽無遺，再加上與旁邊個個身段纖瘦的同學比較起來，我光是擠出來的肉就夠她們一個人重了！我怎麼能不難為情？

所以我那時候常常藉口自己「例假」，弄到體育老師皺著眉頭問：「鍾欣凌妳怎麼一整個月都在例假？」

不過，人生總有奇妙的變化，那件讓我吃了不少苦頭（因為每次穿，都要生吞活剝，慢慢一點一點拉拉拉拉——弄得滿頭大汗！）的泳衣，到了我上高中之後，竟然變成了我的好朋友。

怎麼說呢？因為泳衣有收束的效果，所以其實這樣包裹起來，人看起來會比較瘦。有點像調整型內衣的效果吧！或許在別人眼中，反正你就是個胖子，稍微看起來瘦一點，也沒人注意到，但是如果自己感覺到「這樣比較瘦」，心裡會比較快活，走起路、說起話來，也更加自在從容。總而言之，為了使自己看起來瘦一點，什麼方法都想得出來。

我高中時唸達人女中，那次有一群男生，在我們學校校慶的時候來玩。於是，我便在裡面穿上了那件泳衣，然後再穿上學校的運動服，其實很痛，肩膀很痛，泳衣的肩帶吃進肩膀的肉裡，勒得我很不舒服，可是我就覺得很有安全感，嗯……可以說是「雖痛猶榮」吧！

真抱歉，讓你失望了！

大家高中時都聯誼過吧！

我那時，當然也不例外，女校嘛！若不聯個小誼、認識幾個小男生，還有什麼樂趣呢。

因為我一直都滿活潑的，所以我常常當選康樂股長，同時，每次聯誼的時候，也就由我去接頭。不瞞各位說，我的聲音在電話裡聽起來，嗯，實在還不錯呢！所以每次跟男校聯誼時，我跟對方的「接頭人」都聊得非常開心，當然啦，聊著聊著，男生就會說：「那我們要不要先出來見個面啊！把聯誼的路線圖什麼的計畫一下嘛！」

我還記得，有一次我們跟某高工的男生聯誼，同樣的，對方的人也跟我說：「那鍾欣凌，我們出來見個面討論討論吧！」

我就很高興喔，我還記得，在約定見面的前幾天，我還刻意減肥，東西吃得很少，異想天開：「看有沒有可能趁著這幾天給它減個五、六公斤下來……」

你說呢？當然沒有可能啦！怎麼可能三天就變瘦！

可是，瘦不下來，還是得見客呀！我記得我跟對方約在我家附近的屈臣氏見面。那個男生，看到我的第一眼，就像醫生宣布他得了癌症一樣：

「妳是鍾欣凌？」

我點點頭。

「喔！」

我清清楚楚，看到他的臉部肌肉正在抽搐，然後笑容漸漸融化……說真的，當時不只是他的臉在抽搐，我的心也在抽搐！不過並不是傷心，而是，老兄，你也太坦白了點吧？別這麼直接嘛……以現在的我來講，只能說，他真不是個好演員！

而且，連找一家什麼速食店、泡沫紅茶店坐下來談都不要喔，就這樣站著把話說完，然後「喔，好，再見」。

很冷淡，非常冷淡。

有點不夠禮貌，對吧！

可是，就算是這樣，當時的我心裡還是莫名其妙地感到「虧欠了對方」，就是那種：「抱歉！讓你看到這樣的自己！」的感覺。或是「真抱歉讓你失望了。」「真抱歉我的聲音好聽人不好看。」

當然我事先也會設想好各種最糟的情況，可是當我真的遇到那種情形，我還是會感到很難過，很不知所措……

站在舞台中央

每次參加聯誼，我都搶著帶活動。

人家可能會覺得說：「啊鍾欣凌妳好死相喔——想引男生注意ㄏㄡ——」

天知道完全不是這麼一回事！

聯誼的時候要做遊戲。而且，為什麼要聯誼呢？就是為了要把男生女生湊作堆呀，所以聯誼的時候，一開始就必須先分好兩個兩個一組，之後要做什麼才方便帶活動。

而我，就常常是分不到組的那一個。原因為何，想必我們心裡都有數吧。

等到要開始玩遊戲，我就很尷尬了，又不能呆站在一邊，又沒有分到組，怎麼辦呢？眼睜睜看著別人玩嗎？那豈不是更突顯了自己的孤立？更讓自己的立場尷尬萬分？

沒辦法了！只好先跳出來！我無暇顧及心裡的感受，無暇自憐自怨自艾……

「來來來！你們幾個一隊，先站到那邊！還有你們幾個，到這一邊……」

或許是我天生就滿適合表演，適合舞台吧？站在眾人面前，我恍然成為另一個人，嬉笑怒罵，說學逗唱，表演就像水一樣從自己的身體裡流出來，那時我或者沒有意識到，這樣的自己可以暫時在掌聲及歡笑中，脫離胖妹的陰影。我只是感覺站在舞台的中央，就沒人注意我落單了。舞台的中央，原本就只該有一個人。

我便是這樣過了一個一個窘迫的難關。

胖子特別愛面子

不只是聯誼，跟朋友出去玩也特別辛苦。

有一次，我跟我的好朋友魯維靜，還有她的另外兩個男生的朋友，一起到淡水玩，騎協力車。

騎協力車，應該是很悠閒、很瀟灑、很陽光青年的事對不對？你看，一行四人，在淡水的鄉間小路上馳騁，大家的頭髮迎風飄揚，一起唱著歌……

怎麼樣？有沒有很咖啡廣告的感覺？

我想，咖啡廣告不會告訴你，其中有個女生後來回家得了尿道炎吧？

事情是這樣的，我因為很怕前面的男生覺得「都是因為載了鍾欣凌，所以這麼累」。也很怕別人會說：「啊！那一部有夠慢！就是因為載了一個胖妹啦！」

所以，我在後面使盡全身的力氣，如同搏命般地騎著，一點也無法悠然自得。

回到家，就細菌感染，得了尿道炎，同時還拉肚子……

可是你問我會不會覺得自己當時很蠢？不！我一點也不覺得，因為胖子容易「沒面子」，所以胖子多半就特別地要面子，或許別人並沒有給我，但是我自己給自己的焦慮跟壓力，卻不可勝計。

重新找到力量

其實，你現在問我想不想瘦下來，我還是會告訴你，我想。我也想像別人一樣，逛百貨公司時什麼衣服都可以試穿，隨便穿什麼都好看。

只是一路走來，我逐漸認識到一件事，那就是身體的形象雖然重要，但是我漸漸地，不再因為這個形象，而失去了發現自己的機會。瘦的鍾欣凌也好，胖的鍾欣凌也好，其實裡面那個人，不都是同一個嗎？

記得剛出道時，有減肥公司找我拍減肥廣告，不但免費減肥，還有錢拿，是不是很大的誘惑呢？當然是，可是，我拒絕了。因為我無法斷然拒絕美食的誘惑，我喜歡食物，因為它不但美味，還為我帶來滿滿的幸福感。

我現在感到，胖瘦對我來說，已經不是那麼要死要活的重要了。走入這一行，看到的都是美女、美女、美女、美女。可是在這群美女中間，我居然也找到了一塊屬於我自己的天空；走上了舞台，我居然也得到了熱烈的掌聲。

我在這個胖胖的身體裡，重新找到了力量，以前種種的難過，我也能笑著與你們談了。

我覺得，這樣的自己，一點也不輸給瘦瘦的美女呢。

小胖也有春天

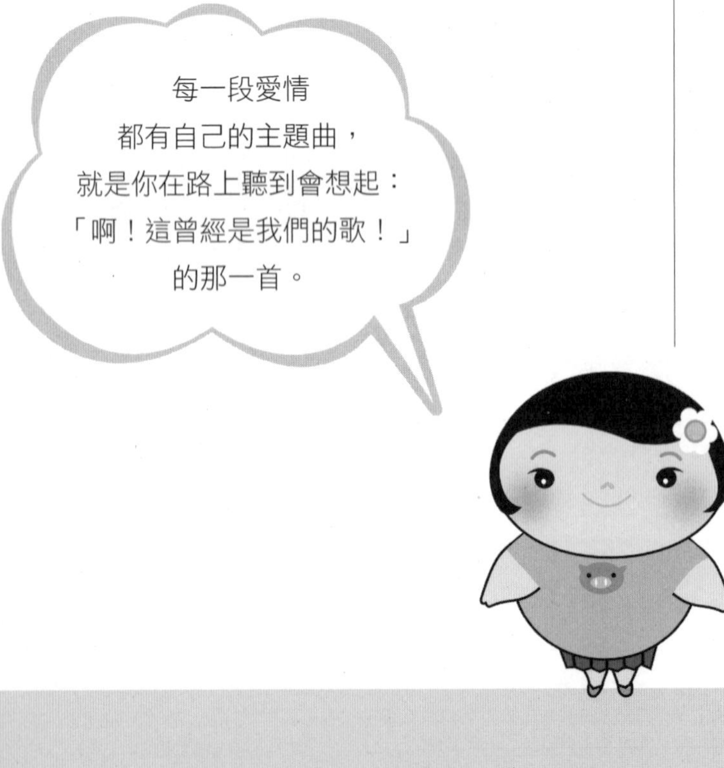
每一段愛情
都有自己的主題曲，
就是你在路上聽到會想起：
「啊！這曾經是我們的歌！」
的那一首。

我第一個男朋友A先生，就是我前面說到，我跟魯維靜一起去淡水，把她從火車車窗裡拖上來，那次的四人行裡其中一個。

事情是這樣的。他的媽媽跟魯維靜的媽媽是同事，所以他跟魯維靜常常玩在一起，而魯維靜每次都會找我，那A先生就會找他的朋友。我們四個人經常一起出去玩，那時候才國中，只覺得有一群朋友可以沒事到處鬼混是一件很棒的事，並不覺得怎麼樣。而隨著時間與環境的改變，當時這四人組也就漸漸各分了東西。

等到我上了大學，有一次上金士傑老師的課，也不知道怎麼搞的，課上著上著最後變成全班一堆人跑去唱KTV。大家不但樂得要命，還呼朋引伴，把什麼親朋好友統統叫來唱歌，結果有一個同學，帶了一個好眼熟的男生來，我看了他半天，終於忍不住問：

「我們是不是見過面啊？」

「好像是吔！」

「你是不是魯維靜的朋友？」我們同時這麼問，然後馬上想起，啊！對了！就是當年四人組的成員嘛！

我們都沒有想到，過了這麼久，居然會在這麼奇妙的情形下重逢，我們都很興奮，最後，互相留了電話，開始常常聯絡。

我戀愛了

其實我現在想起那個初戀的男生，自己都不是很確定，當時我們是因為真的喜歡對方而在一起？還是只是因為我們都想談戀愛，只是為了交男女朋友才與對方交往？

也或許，那就是年輕時很懵懂、很單純的感情，我們在交換了電話之後，就常常打給對方聊天，聊些什麼呢？沒什麼重要，都是有的沒的，可是那時就是聊得很開心，覺得有一個人，你可以隨時講話給他聽，他也可以隨時講話給你聽，除了一種似有若無的親密，覺得他像是一個陌生的親人，同時又有一種微妙的溫暖感受。

記得那是過年的時候吧，我在家裡突然想到，咦，好久沒通電話了，就撥了通電話到他家：

「你在幹嘛？」

「我在打麻將啊，妳在幹嘛？」

「沒有啊，無聊啊。」

原來，他過年找了一堆朋友到他家打麻將，隔著電話，我聽到他朋友一直在旁邊拱他，意思是叫他乘機跟我「表白」，要我當他的女朋友，我原先以為他大概會一笑置之，沒想到他真的衝口而出：

「那妳要不要當我女朋友？」

我心想，開玩笑的吧！我也很爽快地回答：

「喔，好啊！」

沒想到在這種歪打正著的情況下，我跟他真的就在一起了。

不用刻意減肥就瘦下來了

剛開始談戀愛的時候，整個人就化成了兩個粉紅色帶著蜂蜜味道的大字：

「快樂」。

真的就是快樂，沒有什麼別的好形容。不用刻意減肥就瘦了下來，因為我什麼都吃不下。每天半夜也都睡不著，想到今天發生的事，或是預想明天的約會，整個人在床上滾過來滾過去就是莫名興奮。真的睡不著的時候，就起來護膚、去角質、彈鋼琴。

他給了我一個CALL機（沒錯，姊初戀的當年，手機還沒問世），常常會傳一些很可愛的小數字給我，什麼「５２０」「５３０」的。

但是，那真的可能是年輕的時候為了戀愛而戀愛的一段感情，甜蜜很快就過去了，接下來，兩個人不成熟的一面就漸漸浮現出來。

例如說，我是個很怕黏，很喜新厭舊的人，我沒有辦法一天二十四個小時都守著男朋友，比起約會，有些時候我寧可自己一個人在家發呆看電視，享受完全屬於一個人的時間。

而且，其實我喜歡那種有支配慾的大男人，要很有主見、很有原則。可是，他是個很「隨便」的人，例如說到餐廳裡，我說你要吃什麼，要吃麵嗎？「隨便。」要吃飯嗎？「隨便。」要喝湯嗎？「隨便。」要甜點嗎？「隨便。」

我們可以為了這個「隨便」耗上半個小時，弄得我一肚子氣。其實，我也知道他的隨便也是隨和，終究是出於尊重我，但是對我而言，我不是很需要這樣的東西，我比較需要的是，對方可以把一切都安排好，我只要跟著他的步伐走，可是我跟他在一起的時候，卻老是我得帶著他走，就這樣走著走著，愛情也就變得乏味了。

愛情的模樣

當然，現在說起他，我心裡其實是很感謝的，他是第一個讓我感覺到，他真的很喜歡我的人，但是那時候的自己，或許還沒有做好心理準備，準備好要跟一個人那麼親近，也或許是我長期對於自己私生活及內心的防備，一時無法卸下，卻太早進入了一個需要將所有事物都攤開坦誠以對的關係裡。

不過，我實在也非常地謝謝他，一年多有很多回憶，是他讓我知道，小胖也有春天，小胖也討人喜歡，小胖也能得到別人的愛。更重要的是，他終於讓永遠在聯誼中落單的我了解，愛情的模樣。

柴可夫斯基

痛楚一旦過去，
再度回想時，
我仍然覺得很美好，
因為我們的分離無關背叛、
無關辜負，純粹是兩個人
無法再走下去了而已。

我在拍電影時，認識了我第二個男朋友。

如果說我跟第一個「他」的關係，是我走在前面，然後越拉越遠，越離越遠，最後我先跑開了。那麼，我跟第二個「他」的關係，正好相反。

我對第二個「他」，跟第一個「他」，感覺完全不一樣，第二個他，常常讓我連心都在發抖。

因為太喜歡了。

剛開始，我們只是很談得來，常常每天你打電話來我打電話去，有時候他在工作，我在家裡，我就整個晚上接不完打不完的電話，連我爸爸也被我弄得氣得不得了，我這個女兒在搞什麼鬼？

叫我不要打嗎？不行。

不跟他說話，我會寂寞。

我想我真的是愛上這個人了吧？

✿ 當女生真好

然後，有一天，他在電話裡問我：

「那妳要不要我當妳的柴可夫斯基？」

我心想，糟糕，我不能讓他覺得我沒讀過書！那、那、「喔、喔、（冒汗中）好啊！」

「嗯。但是妳知道什麼叫作當妳的柴可夫斯基嗎？」

「不知道……」

「就是當妳的司機啦！」

「喔!!好啊……」

當然司機，不只是司機。

我喜歡有才華的人，對於有才華的人，我的抵抗力就像在面對食物的時候一樣自動趨近於零。第二個「他」很聰明，很有才氣，重要的是，很有心。我們在一起的時候，常常會讓我覺得「當個女生真好」。

我那時候花很多很多時間在打扮上，我不但覺得看到他是一種幸福，連被他看到，都感到幸福得要飛上天去了。

有一次，我從木柵的「屏風表演班」排完戲，要趕到新莊去參加「綠光劇團」的演出，可是我完全不知道怎麼去，時間又有點趕，我打電話給他，他只是很沉穩地跟我說：

「沒關係，我來接妳。」

結果，他雖然有點迷路，但還是準時把我送到了新莊。或許你會覺得男朋友接接送送沒什麼，可是你知道嗎，他不是冒冒失失就跑來接我的，他是來載我之前，為了怕路不熟，自己先開過一次，確定了方向而且不會走錯路之後，才來接我。

記得我家的小狗走丟的時候，我哭到像要死掉一樣，每天一大早四、五點我就失魂落魄地起床到樓下找狗，因為聽說狗是在那段時間被早起的人抱走了，我在想，他們會不會在同樣的時間把狗送回來呢？他那時候，每天都一大早來我家陪我等，有一天，他突然跟我說，「相信我，狗一定會找到的！」

我不知道他為什麼這麼篤定，直到後來我才曉得，他跑去印了一千多張尋狗啟事，上面印著狗狗的照片，再自己開著車在我家附近到處張貼。

等到我家開始接到電話，我才知道，原來是他做的。

謝謝你曾經愛過我

我自己現在想，為什麼事情到了後來，就變質了。

當初我那麼喜歡他的。曾經我們那麼好、那麼好的。

不知道從什麼時候開始，我們吵起架來，漸漸地，他也想逃，我也想逃。

他想逃，是因為他覺得我已經離他離得太遠了，他太聰明，變得太快，我已經無法配合他的速度。

我想逃，除了是害怕自己越陷越深之外，我想，多半還是想試試看自己，如果沒有他到底活不活得下去？

快分手前，他有一天突然告訴我：

「其實我還是比較想念我前一個女朋友。」

崩潰。
我對他說，好吧，那這樣，我不要這段感情了。
可是一轉頭，眼淚一流下來，我就知道，不對，不行，我不能這樣放手，我放不了。
裝得很無所謂，很雲淡風清，但是其實語氣百般小心：
「嗯，以前的女朋友就算了，沒關係啦，現在是現在啊，我想我們在一起的時候也很好啊，我們還是在一起好了……」
我自己講得很開心，他也講得很開心，之後兩、三天，兩個人又開開心心地在一起。沒想到開心不了幾天，就又大吵了一架。
這次吵完，我就沒再打電話給他了，因為他快刀斬亂痲，為了追求自己的夢想，馬上毅然出國唸書去了。
可是就算我被他這樣乾脆地「處理」掉，我還是不後悔。因為我實在太喜歡他了。能夠跟我這麼喜歡的人在一起過，真心覺得是一件好幸運的事。
真的是這樣的，痛楚一旦過去，再度回想時，我仍然覺得很美好，因為我們的分離無關背叛、無關辜負，純粹是兩個人無法再走下去了而已。

✿有這麼「大隻」的小老婆嗎？

到了後來，或許是空白了太久，我對愛情的感覺很生疏了。甚至是有點害怕，有點不確定，有點不信任。

一方面是年紀逐漸長大，已經不再像年輕的時候可以單純地去喜歡一個人，一方面也是感到年齡壓力，到了三十拉警報的時候，愛情往往就很難純粹，就很容易牽涉到什麼生涯規劃啦、家庭啦、婚姻啦、噗拉噗拉等等等等的東西。

我算了幾次命，算命的都會說：「妳會當人家的小老婆喔！」

趙自強每次聽到都笑到不行，還說：「沒看過這麼『大隻』的小老婆的！」

我自己也覺得粉不可思議，當小老婆？不都是妖嬌美麗女人的專利嗎？像我？成嗎？

可是說實在話，我並不感到排斥，因為在我的周圍，好像沒有什麼人是可以幸福到老的。

這樣說似乎嚴重了點。我是說，當兩個人年輕的時候為生活、中年的時候為孩子、老年的時候為病痛，這樣一直地在掙扎的時候，最後到底會剩多少愛呢？還是全都變成了責任？愛情居然會轉變成恩義，是一件不可思議，又讓人很惆悵的事情。

表白狂想變奏調

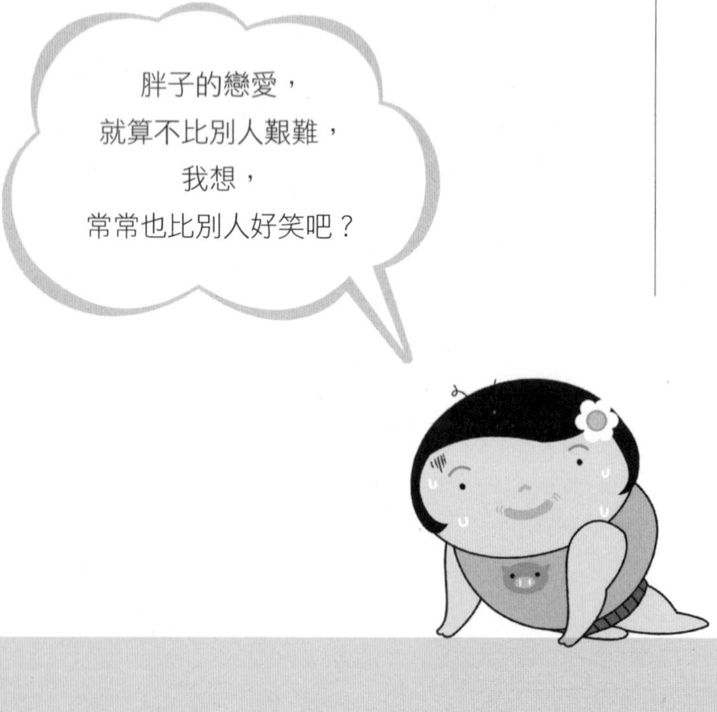
胖子的戀愛，
就算不比別人艱難，
我想，
常常也比別人好笑吧？

✿ 主動表白？辦不到

當我在戀愛的時候，常會揣摩一些情節。

例如說兩個人牽手的畫面啊、兩個人一起分吃一碗冰的畫面啊、兩個人在海邊散步的畫面啊，可是我每次想著想著，冷汗都會涔涔而下。

例如說，我一想到他要摟我的腰，心裡就一陣害怕：「夭壽喔，我這樣一節一節的，他會不會覺得像抱到一隻大毛毛蟲？手會不會被肉夾住？」

我一想到他要搭我的肩，又會害怕：「死人骨頭喔，他會不會覺得自己摟著一隻熊？」

我一想到他要牽我的手，更加恐慌：「要命喔，他會不會覺得自己握著一顆大肉包？」

甚至，有時候我自己都會在想，天啊！以後萬一我跟我老公要嘿咻嘿咻的時候……會不會我一脫下衣服，他就趴在床上笑到死？

好吧，那不要脫那麼徹底好了，那我穿一件性感絲綢睡衣好了，然後跳那種奇怪的舞。

可是，他會不會覺得，這件睡衣可以直接拿去野外當帳篷？然後這個跳舞的老婆直接賣到馬戲團去算了？

再不然，電影不是常有那種「抱到桌子上」的場景嗎？那我老公除非是舉重選手……要不然，他可能會直接告訴我：「嗯……妳可不可以自己爬到桌上去？」

所以，我發現，我的一點點自信只有在表演裡，在舞台上，總歸不會在愛情裡。我永遠沒辦法主動去爭取自己想要的愛情。

例如說，喜歡一個男生，就直接告訴他。可是對我來說，我是打死也不願意做這種事的。在我的觀念裡，「主動表白」，應該是屬於那種小可愛或是大美人的專利，屬於那種就算表白不成功，還會讓對方心存感激、喜不自勝的女生。

如果是我，我想我表白的話，只會有一種狀況：給自己難堪、讓對方為難。

柯以敏跟我說：「妳要是喜歡一個男生，就要走到他面前，然後說我喜歡你！就是這樣。」

「辦不到。」我說

「為什麼？」

「沒有自信。」

可是我的朋友又告訴我，不只是胖子是這樣，其實所有的人，都有同樣的問題。

「因為妳永遠不知道對方喜不喜歡妳，不是嗎？」朋友說。

「是啊。」

「那妳如果聽到有人對妳說，他喜歡妳，妳會不會很高興？」

「會啊。」

「那妳為什麼不願意讓妳喜歡的那個人高興一下呢？」

哇，這樣說，真的很棒吔。於是我抱著滿肚子的話上床睡覺。

等到天一亮。

不行。說不出口！

那就什麼都不要想，講完之後馬上走人。

……還是辦不到!!

唯一一次

然而我還是有熬不住的時候。我唯一一個主動出擊的男生，是一個在時報廣場上班的男生，因為他長得很像真田廣之加吳念真的綜合體，一次集結我兩大偶像，我怎麼可能不迷上呢？

瑞君看我在那裡團團轉，就在旁邊蠱惑我：

「妳看，人家搞不好也很喜歡妳，可是妳已經是個公眾人物了，每天都光鮮亮麗，說不定他是不敢接近妳吔！妳如果製造機會，一定行的！去吧！去吧！」

「真的嗎？」

「妳看，妳不覺得他對妳很不一樣嗎？每次妳在後台，他就會跑來看看妳，然後握手的時候都是那種五指交握的握法！」

「喔！」我的眼神馬上閃閃發光，心情一振！「對喔！喔！真的！這樣講還真的喔！」

我有點心動，可是，我要製造什麼機會呢？

瑞君又說：「妳打電話給人家嘛！不過要用大哥大打喔！這樣妳的電話就會留在他的手機裡！」

於是我抱著必勝（還是必死？）的決心撥了電話過去，心中雖然小鹿亂撞，但是卻裝出一副很熟的樣子問他：

「喂你在幹嘛？」

「我在睡覺。」

「……好吧，再見！」

結果之後他居然也沒打來了！瑞君！妳騙我！

反正……還好我什麼都沒說。

永遠忘不了的冷水坑

胖子就算戀愛談成了，也有很多讓人困擾的地方。一個胖妹就算臉蛋長得再美，也沒有人會說她是個美女，男生還是會在意妳的身材，畢竟臉蛋美身材俏的女生比比皆是。

那麼萬一妳打敗了其餘臉蛋美身材俏的女生，穩坐女王寶座呢？

告訴你，試煉才剛開始呢。

我跟第二個男朋友在一起的時候，我第一次到他家，他住那種公寓房子的五樓，我的天啊，我爬到三樓就已經上氣不接下氣了，可是，他還在前面健步如飛，怎麼辦？難道要停下來像牛一樣地喘氣嗎？

我只好狠狠吸一口氣，撐住自己的肺部，不讓它爆炸，然後一口氣悶著頭滾上五樓，我看他頭上一滴汗也沒流，自己也完全不敢出聲，只好等到他走進房門，自己才轉過頭去不停「呼──哈──呼──哈──」──

「妳還好吧？」

「沒……沒事……」

「沒事就好。」

「沒事……才怪……」

還有一次，他興匆匆開著車來找我，「我帶妳去一個很漂亮的地方！」

我高興得不得了，這個很漂亮的地方，說不定是什麼觀賞北市夜景的最佳景點，再不然是哪個無人的海灘……

結果都不是，那個地方叫作冷水坑，我們把車停在某個停車場，然後一路往山裡走去……

剛開始走我還可以勉強保持微笑。

「很漂亮吧！這裡很漂亮吧！」

「嗯……很漂亮，很漂亮。」

再過十分鐘……我們還在山裡遊蕩……

「很漂亮吧？很漂亮吧？」

「嗯……嗯……」

等到我整個人都已經快要癱在地上，拖著腳在地面上緩緩移動時，他還在高高興興地問我：

「很漂亮吧？很漂亮吧？」

「很……很……很漂亮……」

「那我們一路再爬到擎天崗吧！」

「什……什麼!!」你再說一次試試看！

「擎天崗也很漂亮喔！」

我拖著最後的一口活氣一路往擎天崗走去，就在入口的地方，我聽到了神的聲音——

「少年ㄟ，今天擎天崗不開放喔！」

為什麼「擎天崗」這種地方，也要因為「內部整理」而暫不開放，我怎麼想也想不透。所以，我更堅信，那一定是神仙下凡，拯救我於水火之中，以免我死在擎天崗的青青草園裡。

他說：「那……我們去吃土雞吧！」

喔！真的是有神的存在啊！

我永遠忘不了那次「很漂亮」的冷水坑，一條胖命差點斷送在那裡。

胖子的戀愛，就算不比別人艱難，我想，常常也比別人好笑吧？

其實我對自己的外表
並不是那麼有信心，
我永遠沒辦法
主動去爭取
自己想要的愛情。

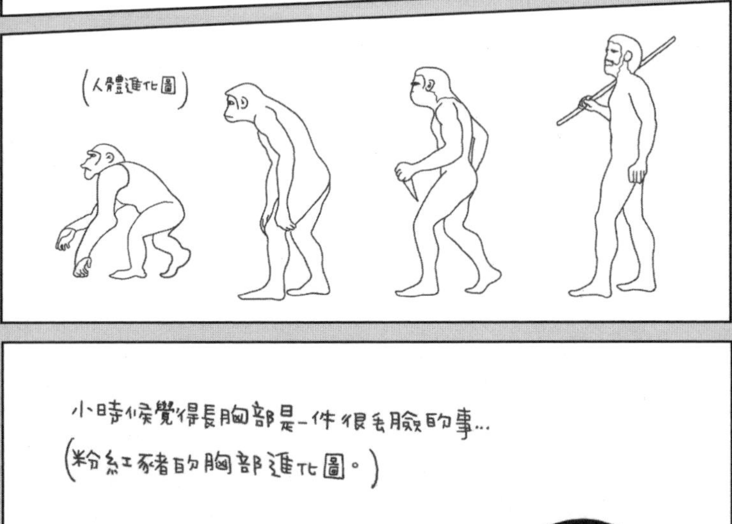
(人體進化圖)

小時候覺得長胸部是一件很丟臉的事...
(粉紅豬的胸部進化圖。)

等到有一天，愛情來的時候

要做你自己，
不管你是什麼樣的人，
等到有一天，愛情來的時候，
它要來，它該來，
真的就會來了。

別說「男朋友」這件事

我一直覺得，愛情對胖子來說，像是一個過不去的門檻，這關乎於你的自信心與自尊。而且，愛情常常會是胖子的致命傷，不但過不去，還常常會在門檻前絆倒。

我有一個親戚，很奇怪，我覺得他很有傷害人的天才，如果學校開一門「傷人感情學」，他絕對可以成為這門學問當中的大師。偏偏親戚再怎麼不好，終歸是要見面，所以，以下的對話就常常出現：

「欣凌？妳幾歲啦？」（做出熱心狀）

「28。」（其實應該30）

「那有沒有男朋友？」（做出關心狀）

「沒有。」

照理來說，一般人問到這裡，都會很識相地不再問下去，再不然就是有點拙劣但很善良地自圓其說如：「嗯，這樣也好，現在的男孩子都靠不住……」

不過我這個親戚，非常犀利，他一定會緊緊跟上一句：

「那為什麼沒有男朋友？要不要我幫妳介紹？要不要相親？」

通常對話到這裡，我就會悶不吭聲，唉！大家總要留個相見的餘地咩，你要這樣問，我不回答總可以了吧？

人家說沒有天天都過年的，可是，我這個親戚可是每次見到我都會來上這麼一段審問，終於有一天，我火大了，當他又問到「那為什麼沒有男朋友？要不要我幫妳介紹？要不要相親？」的時候，我冷冷地回答一句：

「放心，我會在你進棺材之前嫁掉的！」

落完狠話甩門而走的我，最後在電梯裡大哭一場。

胖子沾不上愛情的邊

胖子與愛情常常錯過的原因，我覺得也有可能是自己錯失了機會，譬如說，如果有個男生對我說：

「ㄟ，妳的眼睛很漂亮吔。」

這時女生的標準反應，應該是微微把頭偏向一邊——然後把頭髮往後一撥——帶著點羞澀地說：「謝謝！」

很迷人，對不對？可是，這種事情是我沒辦法做到的，當人家稱讚我的時候，我就是會不知所措，全身不自在，因為，我不習慣被人家稱讚「美麗」「漂亮」，原來，「被稱讚」也是要訓練的，很少受到這種訓練的我，怎麼辦呢？我只好用力地在那個男生肩膀上一拍：

「哎唷！你的嘴怎麼那麼甜啊！說！是不是有求於我啊？你這小兔崽子！」

這麼一鬧，所有的浪漫情懷不都消失了嗎？搞到後來，男生都變成我的哥兒們，雖然我會感覺比較自在，可是，說不定在不知不覺當中，就毀掉了一段良緣呢。

但我也必須承認，外表真的會影響到你的異性緣，這是沒辦法的事情，就拿我來說好了，我雖然是個胖子，但是你問我：趙自強跟劉德華你喜歡哪一個？

當然是劉德華囉！

所以，很多胖子都會覺得，自己注定與愛情無緣。但，胖子真的與愛情搭不上邊嗎？

放電

舉我為例，我完全是個「愛情低能兒」，什麼放電、誘惑、勾引，在我來說都是天方夜譚。有個二十出頭的小妹妹，教了我一堆放電的招數，例如說一堆人去唱KTV的時候，如果「目標男」接到手機出去講電話時，這時就必須假裝要上廁所或是也要打電話，藉機離開包廂，然後在走廊上不經意地「巧遇」，這時，不就有機會單獨聊天了嗎？

又例如說，她告訴我穿開衩的裙子時，必須把腳交叉，從開衩裡露出半截大腿！然後斜坐把那若隱若現的大腿讓「目標男」看到……

這還只是她招數裡的九牛一毛呢！我聽得目瞪口呆，如果要我露大腿的話，我想「目標男」只會聯想到豬腳麵線吧？這種事情對我來說，打死不可能去做，又比方說有人教我要把頭髮掃到一邊，露出脖子，並且摸摸自己耳後脖際……然後稍微低著、側著頭，抬起眼睛望著對方，等到對方發現妳的眼神時，趕緊把眼睛轉開，露出一個恍恍惚惚的微笑……

我自己對鏡練習了半天，看來看去，就是不覺得我若做出這個模樣，能夠放出什麼電，別傻了，別人多半會以為我昨晚落枕加上被蚊子咬，才會歪個脖子，還不停用手抓來抓去。

後來，我的朋友告訴我：

「妳就不用想那麼多啦，告訴妳，做最自然的妳自己，那才是真正的放電！」

果然，只要做你自己，不管你是什麼樣的人，等到有一天，愛情來的時候，它要來，它該來，真的就會來了。

我的確愛吃

人可以沒有很多東西，
但不能沒有食物，
沒有食物，你就活不下去了。
而對我來說，
食物是一件很重要的事，
而且我也把它看得很認真。

嗯……我承認我是愛吃的。

不只是愛吃，我也會吃，我也會做。我燒菜不錯的，大菜雖然不會，但什麼芹菜牛肉啊、蝦仁炒蛋啊，手藝大概不會輸給館子。

在我的觀念裡，「食物」這種東西真是太好了。你看，它不但可以非常美味，讓你感到非常滿足，非常享受，五穀六味，多采多姿，同時，它也負起了澤養生命的重責大任，人可以沒有很多東西，但不能沒有食物，沒有食物，你就活不下去了。

而對我來說，食物是一件很重要的事，而且我也把它看得很認真。

蘋果麵包＋可口可樂

我從小就愛吃。有多愛吃呢？可以從我媽媽告訴我的一個故事證明。我是有了吃可以忘記一切痛苦的人。

那時候我家住武昌新村，我在家睡那種兩層的，上下鋪的床。我不知道是調皮還是不小心，稀哩呼嚕從上鋪跌下來，把頭磕了一個大洞，哎呀，哭得喔，我媽媽帶我到當時的空軍總醫院去看醫生，我一路能哭多大聲就哭多大聲，因為一直流血，嚇呆了，大概以為自己會死掉吧！

我媽看我這樣哭，就哄我說：「妹妹不要哭，等一下媽媽買蘋果麵包、可口可樂，跟巧菲斯餅乾給妳！」

現在我不知道小孩還吃不吃蘋果麵包了，以前蘋果麵包好流行、好好吃，鬆鬆綿綿的，還有甜甜的蘋果香，巧菲斯更棒，是那種巧克力口味的夾心餅乾，可口可樂就不用說在當時是怎樣的「夢幻飲料」了。

就這麼一句話，我馬上收乾了眼淚，到醫院乖乖給醫生縫上四針，一滴眼淚沒再掉，一聲也不吭。等到離開醫院，在旁邊的小店買了這三樣東西，我居然一路哼著歌回家……

鮮美香酥排骨

我不知道你的記憶裡，什麼滋味最深刻？

有一天排戲結束後，黃仲崑跟我們說：「來，我帶你們去吃桃源街牛肉麵！」到了那邊，他的臉上馬上充滿了那種緬念、懷想的表情，還嘆一口大氣說：「啊！這真是二十年前的回憶！」好像爸媽在翻看他們當年在照相館照的那種俗不拉嘰，背面還寫「勿忘影中人」的照片時，露出的表情。

而我完全可以了解那種感覺！

小時候，我家的家境還算好，普普通通，但沒有豐裕到像現在一樣，想吃什麼都可以。不過每到禮拜六禮拜天，爸媽都會帶我們出去玩。而一出去，只要吃到武昌街排骨大王的排骨麵，就覺得好猛好猛！排骨多香啊，而且當時武昌街附近吃的、玩的，什麼都有，小孩子到了那裡簡直眼睛都要花了，樣樣都新鮮，樣樣都時髦，偶爾還可以買樣小玩具，不過，幸福的高峰在於，大家逛累了，肚餓了，爸媽就帶去排骨大王，坐在椅子上，抱著新玩具，吃著剛炸出來的香酥排骨——

所以直到現在我都不會遺忘排骨大王的香味。那對我來說，是代表童年歡樂與幸福，最「鮮美」的回憶。

絕不放棄

在我而言，如果吃的事情不順利，我就會感覺到，一切事情都不順利。吃的事情不對勁，我也渾身不對勁。在我而言，有好食運，似乎才會有其他的好運。

小學的時候不是有校外教學嗎？大家帶著便當、零食、汽水，坐遊覽車到一個什麼遊樂區去玩一天。零食那些都不用談了，我自己打點得周周到到，而便當就交給我媽媽。我媽媽很會做菜，每次都會幫我準備好豐盛的便當。小學六年級的校外教學，好像到芝山公園吧？我們玩了一個早上，餓得要命。到了午餐時間，我迫不及待地打開便當袋——

哇！先是看到一顆大蘋果！二十年前，蘋果還是高檔貨，一個人能獨享一顆蘋果可是件超幸福的事。然後我打開便當，上層是馬鈴薯、蛋、紅蘿蔔、火腿、蘋果丁等等拌成的沙拉，下層是滿滿一盒炒飯，上面鋪著一塊炸排骨！前面我說過，我對排骨完全沒有抵抗力，又由於是早上現炸的，不但猶有餘溫，一打開，還香得不得了。看到這個便當的同時，我簡直感到太幸福了，這世界上還有比吃掉這個便當還幸福的事情嗎？唉，一定沒有，我真是幸福到沒辦法了……

我是那種好吃東西最後吃的人，所以，我先把心愛的排骨放在便當蓋上，擺在一邊，然後悠哉悠哉地吃起沙拉跟炒飯，無比愜意。

就在我把其餘的東西清得差不多，開始要啃我期待已久的排骨時——

「啪！」班上男生正打得興起的一顆球，不偏不倚向我飛來，可是，若是砸到我就算了，不過是痛個幾分鐘，那顆不長眼的球，居然砸到我的排骨上！

我心愛的排骨！狠狠地被擊倒在滿是泥沙灰塵的地上……

當時我在想什麼？我什麼也無法想！腦中唯一的聲音就是：

「我——要——回——家——！」

管他校外教學才剛開始，管他還有一整個下午，管他不過只是一塊排骨而已！我根本玩不下去了！

真是悶得不得了，我不甘心地把排骨悄悄撿起來，其實，只要拍一拍，擦乾淨，那塊排骨還是可以吃的。但是我又很怕同學會說我太「垃圾」，或是太貪吃：

「哎呀那麼髒妳還撿起來吃！就是這麼愛吃才會那麼胖啦！」

我拿著排骨的手懸在半空中微微顫抖，吃還是不吃？為了我的虛榮心，我只好把排骨放回便當盒裡，忿忿不平地啃起蘋果。這顆蘋果，吃起來一點也不香，一點也不甜。

不過，我絕不會放棄的。回家之後，我請我媽媽把它洗一洗，處理一下，我坐在飯桌上一口一口，把那塊排骨啃得乾乾淨淨，才滿足地嘆一口氣，洗洗手，並且下定決心，飯跟沙拉都可以不要，下次，絕對要把排骨保護好。

反應壓力

我進演藝圈後，反而比之前胖了許多，最大的原因，在於消夜。我每天晚上回到家裡，一定要吃一頓消夜。就算我晚餐已經吃過便當了，但我還是得洗個澡，換上家居的衣服，弄一樣好吃的東西，安安靜靜坐在電視前吃了，然後睡覺。

你一定會說「天哪！」，其實我也知道這樣最容易胖，但是對我來說，這頓消夜已經不是口腹之慾的問題了，因為我常常每天早上六、七點就要起床準備開始工作，晚上多半在九點、十點過後回到家，一天的緊張、壓力、疲倦、焦慮只有在這個時候我可以放鬆，支配完完全全屬於我的時間，對我來說，這頓消夜的心理意義，遠大過它的實質意義。一天之中只有這個時候，我什麼也不想也不做，甚至，一天只有這個時候，我吃東西才嚐得出滋味……

吃最幸福

不過，我仍然覺得，吃是很愉快的事情，一份美食能夠給人無上的幸福感。我聽過有人減肥，用吐的，不是嘔吐法，好一點，而是把吃的東西在嘴裡嚼一嚼，嚐到味道了，滿足了口慾了，然後吐掉。老實說，光想到餐桌上一大堆稀稀爛爛的咀嚼物，是不是有點讓人害怕？

所以呢，嗯，這篇文章我們就先不談我身材如何，體重多少吧！我欣賞美食，因為那裡面包含了幸福感以及製作者的用心，而我，則依舊高高興興地愛吃著。

我也想變瘦

在二十五歲以前，我每年的
生日願望都是「我想瘦下來」，
然後新年新希望都是
「今年要減多少多少公斤」，
我不想再繼續住在小胖的國度裡了。
不過到了二十五歲之後，我發現，
許了這種願，除了讓自己當時覺得
很熱血之外，實在沒什麼用，
只不過浪費了一個願望罷了……

談戀愛減肥

我談戀愛的時候，特別地想變瘦，那種想變瘦的心情，喔，可比富基漁港的海鮮還要活跳生猛，一方面想穿好看的衣服，一方面不用吃飯都精神百倍，半夜沒事還會起來彈個小鋼琴，看個小月亮……多麼美少女啊。

人家說，戀愛中的女人最美，沒錯，戀愛時真的能夠有精神到可以不用吃飯，而且一樣容光煥發閃閃動人！像我，跟男朋友出去，絕對不好意思狂吃猛喝，一定都端莊文雅裝清純，吃兩口炒青菜就說：「喔，我吃飽了，不用，你們吃就好了。」喝飲料也絕不會像跟閨中密友喝下午茶一樣：「我要冰奶茶，奶泡加多一點！」然後邊喝邊笑邊八卦，喝到杯子見底，吸管還在冰塊間「蘇蘇叫」……跟男朋友在一起時，多半都點「玫瑰花茶」或「薰衣草茶」，還要熱的，還不能喝到見底，免得顯示出自己體質強健，冬天吃冰也不會拉肚子。

或許別的女生這樣跟男生交往個兩、三個月，果然會被每一頓的生菜沙拉跟飯後的熱薰衣草茶折磨到玉容清減，楚楚可憐，但我呢？我不。我約會結束，回到家裡第一件事，並不是量體重，而是嗑一大碗滷肉飯，附上珍珠奶茶五百西西……

所以你知道，談戀愛可以使女生變美，但不一定能使她變瘦。至少在我身上，談戀愛減肥法，行不通。

一小部分的原因是，當時的我雖然還是有些自卑，但我已經不覺得胖可恥了。胖沒有什麼好可恥的，如果我在東加王國，我在唐朝，搞不好還是個林志玲級的大美人、大明星呢！我就是我，粉紅豬也好，與楊貴妃齊名的鍾貴妃也好，裡面的那顆心，終究是相同的。

而比較大的原因，則在於，我並不想走在路上時，人家跑過來跟我說，啊妳就是那個減肥的鍾欣凌對不對？

談戀愛可以使女生變美，
但不一定能使她變瘦……

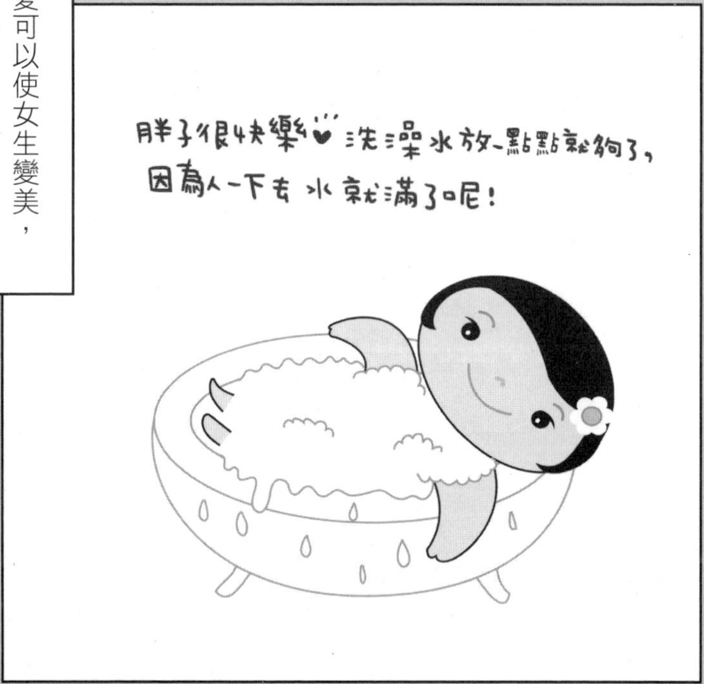
胖子很快樂♥ 洗澡水放一點點就夠了，
因為人一下去 水就滿了呢！

該減肥了

在高中之前，
我都沒有想過「減肥」這件事。
但是不知為何，到了高中，
我整個人突然發現，
不對，我好像真的太胖了點，
我該減肥了。

減肥像修道

其實國中時就有人送我減肥書，而且還是一個學弟。現在想想，那個學弟實在很善良，他可能覺得，我的確應該減肥，卻又不好意思直接告訴我，所以買一本減肥書來。可是送人減肥書，好像也很明顯，所以他送給我的時候，還假裝瀟灑：「哈哈哈，我送妳一個東西！妳看！」然後就嘻嘻哈哈把書丟給我，裝出一副很幽默的樣子。

我看了看那本減肥書，唯一的感想是：「太好笑了！」

怎麼可能呢？這我怎麼可能做得到？裡面那些什麼三日減肥餐，七日減肥餐，每天早上吃水煮蛋配黑咖啡？要不要緊啊？這樣吃東西行嗎？還有什麼麵包配鮪魚罐頭，還什麼葡萄一杯之類的，這哪裡是吃飯，簡直像在修道嘛！這種不食人間煙火的減肥方式，我根本沒辦法。

而且，還要每天算食物的卡路里，喔！減肥還得算數學！吃東西變得好累好累，什麼都要論斤論兩地計較。吃飯還有什麼樂趣呢？

所以學弟好心送的減肥書，就被我踢到角落（學弟！真抱歉！），在無人的暗處了其殘生。

減肥全家總動員

到了高中下定決心減肥時，其實也是受到了一些外界的刺激，譬如說開始聯誼啦，或是開始追求流行啦，或是說被嘲笑啦等等等等，所以，我漸漸留心起減肥的東西，什麼減肥藥、減肥餐……

對我而言，減肥的原因雖有很多，但真的有滿大一部分是為了我爸媽。我二嫂的女兒才兩歲，之前怎麼吃都吃不胖，怎麼餵都是瘦巴巴的，後來，我媽媽好不容易把我姪女的臉餵得稍微圓一點了，我爸馬上緊張兮兮地說：

「賣飼這多啦，以後胃變大了，要減肥就難了啦！」

我在一旁，忍不住在想，她才幾歲啊？可是一轉念，我又突然發現，其實我爸媽是不是一直都在我肥胖的陰影底下呢？

像我媽媽，好早好早之前，就買過一種叫作「速纖」的減肥藥，吃飯前三十分鐘吃一粒，胃中就會有飽足感，那還是我媽媽特地到藥房買回來叮嚀我要吃的。我大嫂的爸爸在美國當藥劑師，也拿過類似的藥來給我吃，告訴我很有效。可是，我吃來吃去，也沒吃出個名堂來，飯照樣吃得嗄嗄叫，所以我爸媽就在想，是不是光練內功沒用，還要加上外功呢？

於是我父母不惜重金，買了一部「銀×氣血循環機」，坐在上面，感覺很舒服，就像是有人在幫你按摩一樣，我媽說，每天坐在上面，邊看電視邊「氣血循環」，就會變瘦了。可是，我坐了半天，並不覺得自己有輕盈的趨勢，而且，說是可以邊做邊看電視或邊看書，但用過就知道，在那上面，整個世界都隨著椅子的抖動而成波浪狀，電視上所有的人都像嗑了搖頭丸一樣，書上所有的字都像暈船一樣。看書跟看電視都只是理想而已，雖然挺舒服的，但是坐在上面，只能修行或發呆。

我媽媽還給我買過一種奶昔狀的代餐，但味道很詭異，我吃了兩次就不想吃了，所以後來奶昔我媽媽自己喝光，結論是，浪費錢，因為媽媽也沒瘦。

藥丸「歸巴豆」

朋友推薦我吃一種她說非常有效的藥丸，事實上，我非常怕吃藥，叫我吞藥丸，那簡直是要我的胖子命！偏偏那種藥丸，每一顆都像蟑螂蛋那麼大，而且，在飯前要連吞七顆！連吞七顆吔！據說那也是一種食物纖維，像前面說的速纖一樣，吃了下去之後，能夠讓你產生飽足感，自然減少飯量，可是，我一吞下去，馬上就「咕嚕」一聲吐了出來。

太噁心了！那味道太噁心了，我說不上來，就是一股藥味，混合著某種鳥飼料的怪味，很抱歉，我實在不能將那種東西吞下肚子裡，還連吞七顆，只能佩服我的好朋友，在此向妳致上最高的敬意，為了身材，妳能夠忍受吞下那種可怕的藥丸……

還有一種最有名的「泰國減肥藥」，當時也是我朋友的妹妹有管道可以入手，我也是毫不猶豫地吃了，因為當時我正在排《結婚、結昏、辦桌》的加演場，可是戲服一拿到，發現我又胖了，手臂的部分太緊，根本穿不起來，於是，當別人在吃排骨便當、雞腿便當的時候，我只能在一邊吃泰國減肥藥加上泰國大芭樂。

那次吃了一陣子下來，瘦了四公斤，只不過，尿很黃，而且常常想喝水，當時覺得還好，現在想想，還真捏了一把冷汗，因為後來我聽說泰國減肥藥就是利尿劑，萬一吃多了，很可能會脫水而死……

✿ 我嗑過「安」！

說到安非他命，我必須坦白，我、我、我嗑過安……

這得從我大學時說起，大概畢業之前那段時間吧！我聽學長說，在東區有一家藥房賣的減肥藥，很多藝人在吃，非常有效。我心裡在想，既然大家吃了都沒事，那我也可以吃吧？所以我就高高興興地跑去買了。

吃了幾天，哇！真的很有效吔！那時候大概是我最瘦的時候，只有六十公斤，雖然以一般人的標準而言，還是胖胖的，但對我來說，整個臉都是尖的，連五官都變得不一樣了！

吃了一陣子之後，某天我爸爸在看新聞的時候，突然把我叫過去：

「喂！欣凌！啊妳吃的減肥藥是不是這家的！」

我看到報紙上寫：「位於北市東區的××藥局負責人×××，由於販賣含有安非他命成分的減肥藥，遭警方……」

「哎唷，爸，你想太多了，不是啦！」我輕鬆自如地安慰著我爸爸。

「喔，不是就好，阿吃減肥藥要小心ㄋㄟ！」

「我知道啦！」

等到轉身回到房間，夭壽喔！我趕緊把所有的減肥藥都拿出來丟掉，我就是在那家藥局買的啦！天知道我怎麼會瘦得這麼快，原來是因為嗑藥的緣故！就算能瘦到像白骨精我也不幹！

動物園之ㄕˇ

另外，我還吃過一家也是位在東區的藥房開的減肥藥，那是我一個好同學介紹的，他以前也很胖，胖到走在路上，一個媽媽帶著小孩經過，就跟她小孩子說：

「你看，你再吃就會像他一樣胖！」

受了這個刺激之後，他下定決心要減肥，最後，他吃了這家藥局的藥，果然減肥成功，我聽他這樣說，心中馬上開始閃閃發光，「如果他都能瘦，那我一定也能瘦！」當時就覺得自己前途有望了，於是毫不猶豫地就去買了一堆。

結果第一天吃下去，我去上金士傑老師的課，不知道為什麼，我們全班要從當時還在蘆洲的國立藝術學院（現台北藝術大學）遠征到動物園，大家就開車的開車，騎車的騎車，一路浩浩蕩蕩殺過去。可是！到了半路，我突然一陣發冷——那種發冷不是普通的發冷，而是一種從骨頭裡冷出來的「不祥之冷」！

結果，到了動物園，那一陣不祥之冷過去之後，竟然肚子一陣翻江倒海，鑼鼓喧天！

我想拉肚子！

這時，我也顧不得什麼形象了，什麼動物也沒心情看，一進去馬上先衝到廁所，接著我就如長江大河，尼加拉瀑布般……整個人拉到嘴唇發白，汗如雨下，手腳發抖，站起來時還得扶著牆壁，以免腳麻跌倒。

沒錯，那就是瀉藥，而且還是強力的瀉藥。

結果一出廁所，我就急了，全班不知道已經走到哪去，我只好拖著無力的兩條腿一直追下去，沒想到，還沒追兩步，我又感到一陣不祥的發冷襲來！

於是，我又往下一個廁所跑，又如長江大河，尼加拉瀑布般……整個人拉到嘴唇發白，汗如雨下，手腳發抖，站起來時還得扶著牆壁，以免腳麻跌倒。

這樣在動物園整了大半天，眼冒金星，四肢發軟，終於，大家悠然結束了動物園之旅，正在我慶幸可以趕緊回家休養時，金老師閒閒地說了一句：

「優劇場就在這附近，我們去那一趟吧！」

到了之後，我已經快沒有意識了，好死不死，老師居然要求我們：

「來，把你們剛剛看到印象最深刻的動物表演出來！」

要命喔！我的印象除了尼加拉棕色瀑布之外，就是馬桶了！從頭到尾，我都在一間一間的廁所裡穿梭，哪裡有看到什麼動物呢？蟑螂嗎？

結果，我上去待了半天，演了一隻貓頭鷹。因為貓頭鷹什麼都不必做，只要坐在那裡眼睛睜大大——頭在那裡慢慢轉過來、轉過去，就很稱職了！演完之後老師還拍拍手：「不錯！演得不錯！」

我後來再也不敢吃那個藥，因為拉得太嚴重了，簡直要把腸子都拉出來。我哪裡想到過，原來一個人的肚子可以裝這麼多的屎……

怎麼樣？二十五公斤夠不夠？

二十年前，會在早上經過民權大橋往內湖方向那一路段的人，多半都會看到一條人龍，幾乎成了那一帶的地標，不過，那到底是什麼東西呢？

告訴你，那是台北市非常有名的一家減肥診所，你要掛早上十點的門診，前一天半夜就得去打地鋪排隊了。

很誇張對不對？但是，演藝圈其實有滿多人都在吃那個醫生的減肥藥，而且，據說有「奇效」，而且，明星可以插隊，而且，聽說一個林姓的亞洲大明星也去那裡看呢。

所以後來，我透過朋友介紹，很快就看到了那個醫生，那位醫生先叫我站上一個儀器，除了量體重之外，還可以量體脂肪率、水分率等等……

他看了看，眉毛一揚，看我一眼：

「二十五公斤夠不夠？」

我沒聽錯吧？瘦二十五公斤夠不夠？

當時我有七十八公斤，七十八減二十五！

五十三公斤吔!!

真是太震撼了，如果我說不夠的話，他是不是可以讓我瘦個三、四十公斤？這個醫生居然這麼有自信！而且，他的自信可以馬上感染你，讓你頓時覺得自己已經變成了一個瘦子……

我壓抑著滿心的狂喜，故作鎮定，端莊地點了點頭：「夠……夠了。」其實心裡的小鍾欣凌正在狂喊：「我出運啦！我出運啦！」一面大跳彩帶舞，四周還紛紛響起幸福的鐘聲！

「很好！那妳先瘦二十五公斤好了！」

醫生！您真是我的再造恩人！

可是回到家裡，問題大了，前面說過，吞藥丸簡直是要我的胖子命，而那些藥，每一份，都是十多顆，大大小小，花花綠綠，長的短的，圓的方的……我看，我光是吞那些藥也吞飽了……

而且一打嗝，衝口而出的，統統都是一股藥丸在肚子裡打架的藥味，感覺極為噁心，所以那個藥我吃了五天就不再吃了，想來有點遺憾，因為那五天我就瘦了一公斤！可是我無法克制對藥的恐懼，而且說真的，當時的自己並不是下定決心，背水一戰，只是剛好朋友很熱心地介紹我去，我就去「姑且一試」，所以，減肥就算是可以靠藥物，究竟毅力還是得佔七分吧！

減肥失敗論

怎麼樣才會減肥失敗？問我吧！
「余致力於脂肪革命凡二十年，
其目的在求身材之自由平等……」
人人都希望減肥成功，
但是國父革命都革了十次，
減肥要畢其功於一役，當然難上加難，
我的減肥，次次失敗，
而且越減越圓。

溜溜球效應

每個人說到減肥，第一件事就是「節食」，當然，一開始我也以為，減肥，一定要吃得少，吃得少又少。可是，吃得少對我來說，根本是不可能的事情嘛！

例如說，我一定要吃米飯才覺得是「正餐」，吃飯時間到了，若沒有吃到米飯，你叫我吃多少碗麵、多少麵包，我都一點也沒有感覺，吃飯吃飯，就是要吃到「米飯」！所以，對我來說節食是越節越肥，因為，如果我這一頓少吃了一口，下一頓就會姑息自己多吃兩口；今天少吃了一碗飯，明天就會多吃兩碗飯。照這種吃法，究竟是節食節到哪裡去了呢？

或者我能夠堅持一個禮拜，比方說，瘦了一公斤，我馬上就會覺得自己似乎已經瘦得跟衣索匹亞難民一樣，而且覺得自己這一個禮拜，真是忍辱負重，委曲求全啊！所以下一個禮拜，我馬上就會好好慰勞自己，前一個禮拜減去的不過是水分、宿便，下一個禮拜吃回來的，卻都是不折不扣的脂肪、肥油，這下，你就知道，為什麼我會說越減越肥了吧！

所以，如果你要靠節食減肥，最好有超越常人的毅力與意志，能夠一次革命成功，否則，這樣反反覆覆，瘦了又胖，胖了再瘦，再瘦再胖，不但傷身，而且還會讓你越來越難減，越來越容易胖。

運動運動我喜歡

我其實是很喜歡運動的，例如說不停游泳一個小時左右，整個人就會腦筋一片空白，毫無意識，可以說到達了一種「無」的境界！不過，那種境界，其實很有快感，大概就是所謂「腦啡」正在作用了吧！

不過，自從在我家樓下碰到會監視我的泳池伯伯之後，我就再也不去游泳了。不游泳，要做什麼運動好呢？我的興趣，轉向了腳踏車。

記得有一次我去加拿大的時候，當地人告訴我，他們有一條路叫作「Yonge Street」，沿著這條路走下去，可以直達北極。我一聽，這簡直是太浪漫了！好像做夢一樣，居然有一條路一直通往北極，像童話一樣吔！又有點像綠野仙蹤的感覺。所以回到台灣後，我就興匆匆買了一部腳踏車，並且開始探險——如果從民生東路一直走下去，會是哪裡？

結果是牆壁。環河北路的，牆壁。

這跟我心目中的「腳踏車北極之旅」也差太多了吧？雖然我知道從台灣不可能到北極，但起碼給我看個什麼美麗的風景吧？

沒有，是牆壁。

「仙境直達」的夢想幻滅後，我開始騎腳踏車東轉西轉，只要能運動到就可以了，一開始，這個運動似乎還滿理想的，但是隨著我對附近地物越來越嫻熟了解時，我的運動做下去也沒什麼意義了，因為，我發現了好多好吃的攤子、小店，每次騎十五分鐘的腳踏車，就忍不住跑去吃個什麼魷魚羹麵啊……然後覺得很滿足，再騎回家，自己覺得自己又運動到了，又吃到了，兩全其美。

然而這世界上哪有魚跟熊掌兼得的好事？這樣當然怎麼運動也不會瘦。到了後來，腳踏車騎得越來越好時，以前得要走路去的地方，我統統都騎腳踏車，以前覺得有點遠，懶得去的小吃攤，有了腳踏車之後一點也不遠，所以，腳踏車就從我運動的工具，變成我四處吃喝的代步機了……這樣「運動」下來，天曉得，會瘦才有鬼呢！

出乎你意料的胖子

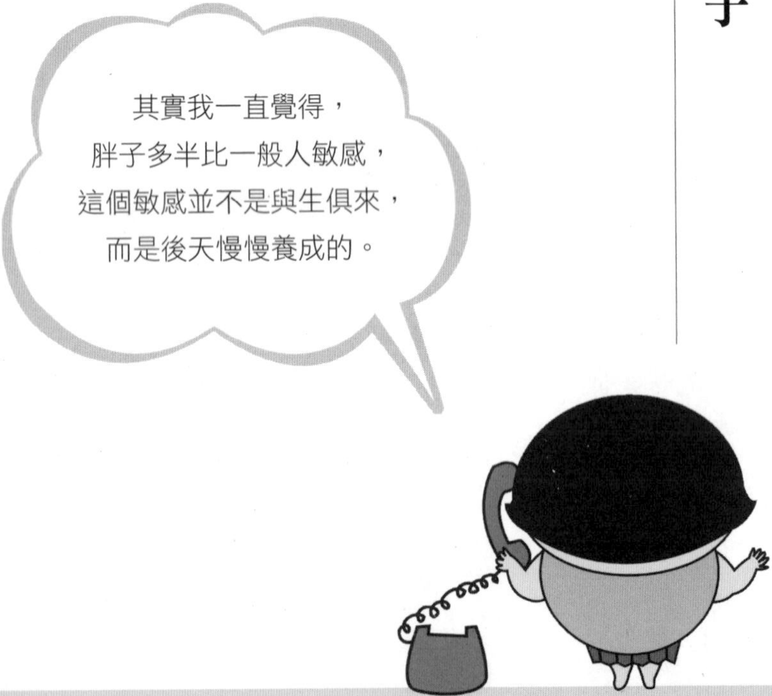
其實我一直覺得，
胖子多半比一般人敏感，
這個敏感並不是與生俱來，
而是後天慢慢養成的。

胖子。

說到胖子。

你腦海裡浮出什麼字句？或什麼形象？

是鬆垮垮皺巴巴的邋遢衣服？還是成年泛著油光的頭髮？是行動遲鈍，吃飯卻狼吞虎嚥？還是經過他身邊，總是會聞到一陣揮也揮不去的臭味？

你是不是覺得，胖子總是大咧咧的？不管別人怎麼取笑他，他都毫不介意，嘻嘻哈哈？你是不是覺得，胖子除了外型笨重，連一顆心也不靈敏？甚至，胖就是懶、胖就是粗心、胖就很有力氣，不怕別人傷害？

如果是的話，那麼，你就一定得往下看，因為，我接下來要說的話，可會大大出乎你意料呢！

心寬？體胖？

人家說，心寬體胖，可是我覺得，應該倒過來，是先體胖，再心寬。

做為一個胖子，他只是體重比人家重而已，他的感情與感受，並不因此就與他人不同。

一般人會受傷，胖子也會受傷；一般人會生氣，胖子也會生氣；一般人會傷心，胖子也會傷心。

可惜，胖子在這個社會、這個時代裡，彷彿背負著什麼原罪，所有的人，從販夫走卒到稚兒幼子，都有權利傷害、取笑、輕視他。在這樣的環境下，胖子們多半都鍛鍊出一顆很有空間的心。在這裡面，他們必須容納比別人多的東西，必須容納別人容納不下的事物。

譬如說，我有一個朋友，一次喝醉了酒，說些胡話，其中有句是：

「如果我女兒將來胖的話，我寧願掐死她。」

我聽了之後，超想從他頭上巴下去。胖是什麼罪孽？需要以死來償還？強姦強盜都不見得會判死刑，而胖，居然會被自己的父母給處決。

一個胖子所會碰到的狀況，是比一般人特殊一點，所聽到的話，也常常逼迫他們深思，所以我說體胖，心寬。因為他們知道被歧視的悲哀，所以多半能夠包容一些比較不一樣的人事物。

當然，我並不是說只有胖子是好人，其他人都是壞人。任何人都該有一顆寬廣的、正直的心，不管他是不是胖子。

✿ 我沒有味道

我有一個朋友認為我是一個另類的胖子。為什麼呢？因為我很勤快。

我從小就有記帳的習慣，而且是小到拿一塊錢打電話我都要記。而且，不管我白天工作有多累，就算我的手指累得都抬不起來了，我還是要把帳每一筆每一筆記得清清楚楚，才能安心入睡。

還有，我的東西都有固定睡覺的地方。一個抽屜打開，鑰匙睡這、皮夾睡那、梳子睡這、手錶睡那……

這種龜毛的個性，我覺得也是遺傳我媽。我媽媽她極度潔癖，導致我也成為潔癖一族。我媽愛乾淨的習慣從我家的狗身上就看得出來。有一次，同學到家裡來玩，一摸我家的狗，嚇了兩跳，第一跳是：「咦！怎麼沒有裝面紙。」第二跳是：「咦！怎麼是活的！」那個狗乾淨到人家以為是面紙盒。

說實在話，胖，的確容易使人邋遢，怎麼說呢？譬如說夏天容易流汗，而我就算不是夏天，也容易流汗，穿著 T-shirt，前胸會有半圓形的濕痕。

當然，流汗一多，身體也容易有不好的味道。

那怎麼辦？我完全沒辦法忍受這種事情。所以我必須花比別人更多的工夫與時間維持自己的清潔，真的很熱的時候，我可以一天洗個兩、三次澡，包括洗頭。勤於換上乾淨的衣服，讓別人接近我時，聞到的不是汗臭味，而是剛洗完澡的肥皂香味，讓我周圍的空氣都是乾淨的。

敏感的心

其實我一直覺得，胖子多半比一般人敏感，這個敏感並不是與生俱來，而是後天慢慢養成的。有時候甚至會到多心的地步。

怎麼說呢？因為胖子會經常意識到自己的身材，所以，別人一句無心的玩笑話，經常會讓我苦惱很久很久，例如說，坐在休息室吃東西的時候，萬一有個人走過來，開個玩笑說：「哇，胃口很好喔！」我就會開始一直想，一直想，他是不是認為我很會吃？是不是在暗示我我很胖？是不是因為我胖他才會開這樣的玩笑？

我小時候有一次就是這樣。那時候學校附近有一家麵包店，賣很好吃很好吃的起酥肉鬆麵包，它的肉鬆塞得特別扎實，起酥又特別厚，我不喜歡烤得太酥，所以都會買那種沒那麼焦，顏色黃黃的，一層一層又軟又滑的酥皮底下是厚厚的肉鬆——現在想起來，我還是忍不住要流口水呢。

話說那天早上，我買了兩個起酥肉鬆麵包，帶進教室吃，正在享受這美好的麵包時光時，老師經過我旁邊，一看就說：「喔！妳吃那麼多喔！」

再不然就是像我有一陣子很喜歡吃肉羹麵，每天早自習的時候都會邊考晨考，邊享用我熱呼呼的肉羹麵，老師就說：「哇，早上吃得好好喔！」

我當時對這老師印象很糟，但現在想想，這些或許都只是老師看到這個小朋友吃得開心，順口一句的玩笑，甚至他只是想要表示友善，像朋友之間互相打趣的模樣。

但他或許難以理解，一個小胖妹對這樣的話會有多大的感受。那時我整個人簡直就化成了一個大大的「恥」字：拜託你不要這樣說好不好！很丟臉吔！

也就是因為如此，我非常在意人家對我的看法或是意見，有時候在網路上逛來逛去的時候，看到一些關於我的討論，如果是正面的、肯定的，我就像喝了蜜一樣從裡甜到外；又好像一下子瘦了十幾公斤，輕飄飄軟綿綿，心情一整天都好得不得了，想到時還會忍不住微笑。

可是如果是批評，我就會整個人鑽到那裡面不斷思索，究竟是哪裡我做得不對呢？我錯在哪裡？其實有點像鑽牛角尖，就一個人躲在裡面納悶好久。例如說，有一次我節目出外景到尼泊爾，看到當地一個小男孩，他沒有穿褲子，光溜溜的，所以我就對著攝影機脫口而出：

「啊！大家看！他沒有穿小褲褲——」

我在說這句話之前，心裡單純只是覺得這個小男孩很可愛，想要表現出這個感受，可是我不知道為什麼脫口而出的卻是「沒有穿小褲褲」這麼一句話。話一出口，我自己就覺得不是很妥當，攝影師也跟我說剛剛那樣的表現方式不是很好。可是我們事後在檢討的時候，認為那一段雖非完美，但是似乎也還勉強，於是沒有修剪就播出了。

不料播出之後，我就在華視的網站上看到有網友留言給我，他並沒有罵我什麼，他只說我這樣做太不尊重別人。這段留言我看到之後，真的是悚然而驚，因為，我覺得自己不應該犯這樣的錯誤。由於胖的緣故，我特別敏感，所以我向來很能注意到別人的反應及感受，雖然那個小男生聽不懂我說什麼，但是觀眾卻能發現我一時的輕忽，所以事後我用自己的信箱回了一封信給他，其實我是滿感謝他的，不但這麼仔細看了節目，同時還願意把他的想法告訴我。

胖子的好處在哪裡？

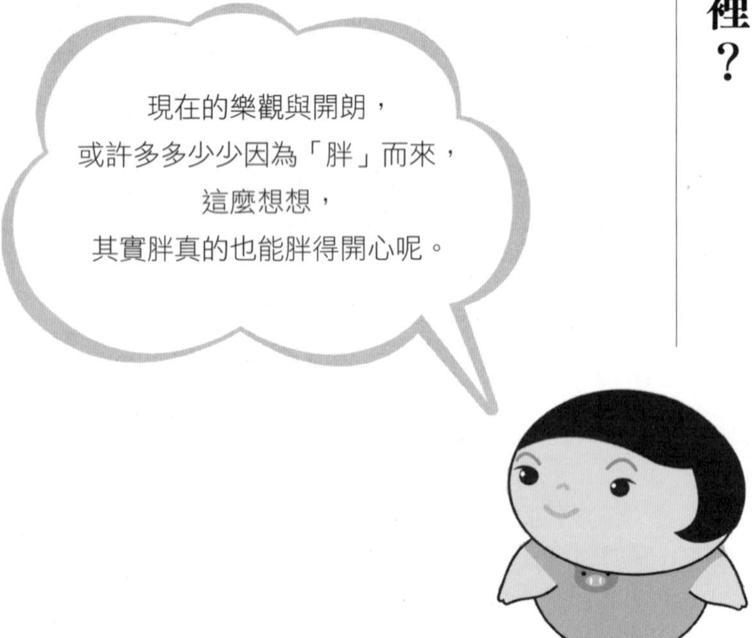
現在的樂觀與開朗，
或許多多少少因為「胖」而來，
這麼想想，
其實胖真的也能胖得開心呢。

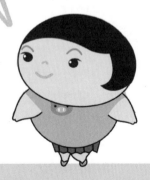

說起來，胖子好像沒什麼好處嘛，大多數人的心願都是「我要變成一個瘦子」，大概沒有人的願望是「我想變成一個胖子」吧？胖子衣服難買、胖子不容易找到對象、胖子外型不好看、胖子容易被嘲笑……

難道胖子一點好處都沒有嗎？

我想，還是有的，很多事情，其實端看你用什麼角度想而已呢。

減少許多敗家的誘惑

每次跟朋友去逛街，真是深深體會到，其實胖子有個天大的好處：「省錢！」真的，那些瘦子美眉，看到什麼都買，牛仔褲也買、襯衫也買、T恤一買就是一堆，總之，買啊買啊買，我站在一旁，頗像個陪公子讀書的書僮……因為很多衣服，我只要用眼睛瞄一瞄就知道能不能穿，而大多數的狀況都是「不能穿」，所以，我也樂得輕鬆，只要在旁邊觀賞她們大敗家就好了，我的荷包則能在血拚地獄裡全身而退。

不過，胖子終究也要穿衣服的，常常有觀眾會問我：「粉紅豬，妳的衣服好漂亮喔！在哪裡買的？我都買不到大 size 的吔！」

其實我很多衣服都是自己做的——我沒那麼大的本事，有好幾件「人見人歐樂」的美美裙子，是節目裡的造型師幫我做的，她很厲害喔！隨便一塊布料車一車，轉眼間就變成又靚又有型的御用裙，絕對沒有與人撞衫的煩惱，讓我胖也胖得獨一無二！

另外，很多賣美國二手衣的店裡，常常都會有大 size 的衣服出現，我有時也會去那裡挖挖寶，常也會翻到適合我的衣物。或者到永樂市場請師傅量身訂做，一千元以內就可以擁有像流行雜誌上放大尺碼的漂亮衣服。又或者，現在有很多大尺碼的專賣店，從 S ~ 5XL 都有，可愛又有型，胖胖的女孩也可以穿搭得很漂亮，真的超級感謝的啦。

所以，就算衣服不多，不容易買，換個角度想，這真的幫我省了不少錢下來，女生的錢往往都花在行頭、置裝上，而且經常要抗拒各種新裝、名牌的誘惑，而我呢？呵呵呵呵！要置也不容易啦！誘惑也無從誘惑起，不想省錢，錢自動會省下來！現在時機歹歹，能多留點老本，想想也還不壞哩。

樂在其中的角色扮演

我從來沒有想過自己的胖原來會是我工作上的助力，一般來說，大家都會覺得，走演藝圈不都是美女嗎？胖子也能當明星喔？

胖子當然也能當明星啦，要不然，戲裡的胖子角色，誰來演？

就像我以前唸藝術學院的時候，每次分派到的角色都會是歐巴桑，聽起來很悲情對不對？可是，我都演得很開心，因為老師常常看了我的扮相，都會忍不住稱讚：

「欣凌，妳的造型真是太好了，說服力真強！」在學校時，我可是演歐巴桑的不二人選呢。打個比方來說吧，舞台上畢竟只有一個白雪公主，人人都想演，但是若沒有了盡責的壞皇后，白雪公主的美麗與善良又哪裡突顯得出來呢？所以，我從來不以演歐巴桑為苦，反而很能樂在其中，因為我相信，別人一定沒有我詮釋得好。

又或者是有一次，我演一隻「恐龍」，我說的是真正的恐龍喔！一件綠色的大戲服，穿在我身上完美無比，那件別人穿了鬆垮垮，要在裡面填充一堆泡棉、破布的大恐龍衣，在我身上就跟訂做的一樣，所以，老師又忍不住要稱讚我：

「身材真是太好了，完全不用塞東西或是修改戲服，太完美了！」

還有啊，像我的胖，其實也可以給大家帶來靈感，像在舞台劇《愛情哇沙米》裡面有一句歌詞「她的屁股大得可以打麻將」，就是我爸爸有一次看著我的背影，在我身後幽幽地吐出一句：

「喔，欣凌啊，啊妳的腳倉ㄉㄨㄚˋ呷（請台語發音）攏ㄟ賽打麻將啊……」

所以，我一直相信，不管是歐巴桑、恐龍，還是屁股上可以打麻將，只要能扮演好自己的角色，就能得到大家的肯定與掌聲的。

胖讓我更有人緣

說到這裡就不得不提一提我朋友羅北安跟劉長灝的小故事了，他們兩個可說是把「君子不重則不威」的奧義發揮得淋漓盡致。

某日，長灝、北安跟郎姊的弟弟祖明，三個人不知要去哪裡，在路上跟人起了小擦撞。

只見前面那部車裡，走下一個揎拳捋袖、橫眉豎目的傢伙，一看就是不好對付的「硬爪子」，往他們這裡虎虎走來，自然，他們三人不能坐以待斃，於是，祖明、北安、長灝三人魚貫下車。

三個人一亮相，那個人只說了一句話：

「啊、啊、謀歹幾、謀歹幾……」

這三人的陣勢的確夠瞧，北安跟長灝都是胖子，塊頭遮住半邊天，而且北安又高，留著一把大鬍子，板起臉來可以嚇倒一連的兵。加上祖明稱職地裝出「魯鰻臉」，對方連第二聲都不敢吭，摸摸鼻子，催緊油門加速逃離現場。

我算是滿坦白承認自己「胖」的事實吧！以前或許我還沒那麼大方，可是漸漸地，我在表演與舞台上找到了另一片天，這時反過來看自己，對於「胖」這件事情，反而能夠釋懷，很多事情自己先說開了，總比讓別人說來得好。譬如說，我寧可自己大大方方地公告周知：

「我是胖妹！」

也不願意躲躲藏藏的，成天費盡心機讓自己看起來瘦一點。

而且，胖還有一個加分的地方，就是別人常常會對妳「驚艷」，怎麼說呢？例如我演舞台劇的時候，大家就會很訝異，「哇！沒想到妳肢體動作很好吔！」到底是不是真的很好呢？我也不知道，只是大家一般都覺得，胖子比較遲緩，只要稍稍靈活一些，每個人都會對我讚賞有加呢！

比方說，今天一個瘦子表演翻個觔斗，大家可能給個五分，可是換作胖子呢？起碼可以得個七分八分吧?!

像我第一次看到也是個胖子的羅北安劈腿，整個人倒彈兩步，驚奇得不得了！「真沒想到北安這麼厲害！」可是如果換作唐從聖呢？我可能根本當作沒看見……

另外，像我自認長相還不錯，所以，雖然無法成為什麼校花班花，但起碼人家還會覺得我滿可愛，而且臉圓圓的，笑起來似乎特別親切。又不像美女會帶給同性的人「危機感」……因此我自己覺得，大家都還滿喜歡跟我相處的，我的人緣反倒因為這個胖，變得很不錯呢！

所以，仔細想想，因為「胖」，讓我變得比較 open-up，比較開朗，其實，我小時候是個愛哭又嬌滴滴的小孩，人家碰一下就撇嘴，動不動就掉眼淚，像個千金小姐一樣。小學的時候，我的人緣差得要命，個性也很悶，跟現在的粉紅豬，簡直不像同一個人，現在的樂觀與開朗，或許多多少少因為「胖」而來，這麼想想，其實胖真的也能胖得挺開心的呢。

愛美不落人後

現在的我感覺到，
只要知道自己在做什麼，
對自己有把握，
自然能散發出美好的氣息，
外型嘛，只要保持乾淨整齊，
隨時帶著微笑，那麼就算沒人說妳是美女，
一定也都覺得妳很可愛。

雖然說，既然成為了一個胖子，似乎就與「美女」兩字無緣了，但是，愛美是人的天性，我當然也要愛美不落人後！

胖子怎麼愛美呢？先要從乾淨整齊做起。我覺得，胖子的大忌，就是穿著寬寬大大、鬆鬆垮垮的衣服。那樣的打扮，不但沒法掩飾你的身材，而且還會帶給人一種邋又沒睡醒的感覺。

像我的愛美，就是喜歡隨時隨地把頭髮梳得整整齊齊，夾著可愛的小夾子，衣物合身又精神，不擦香水卻有洗完澡的肥皂香。

所以，誰能說胖子沒有本錢愛美呢？

調色盤自信

國中的時候有一陣子，我非常喜歡「眼影」。

而且，是藍色的眼影喔！那種藍，可不是現在流行的什麼銀藍、炫光藍，那種藍，就像是水彩盒裡一種熱帶魚的藍色顏料！現在看當時偶像明星所化的妝，覺得土得跟土豆一樣。可是那個年代，就是大流行！大 hit！

只要是時尚，女生都會奮不顧身，所以，我也買了一盒藍色的眼影，不但逢年過節，出客見禮必備，就連下樓買個便當，出門逛個夜市，都要仔細地在我眼皮上塗一層藍色的眼影。

尤其是面對暗戀的男生時，我就會努力地眨巴眨巴我藍色的眼睛，同時很無辜地看著他。「看到沒！看到沒！這可是美麗的藍色眼影喔！」

現在想起，當時我哥哥的冷眼旁觀應該是非常客觀的吧？他對我說：

「妳不要畫成這樣好不好？好像調色盤！很恐怖吔！」

誰理他啊？我就是覺得，塗上了眼影的自己，特別神采奕奕，特別閃閃動人；只要塗上了眼影，我就脫胎換骨，天仙下凡。

當然，我現在知道，藍色的眼影並沒有使我真的變美，就像國王的新衣一樣，使我覺得自己變美的，使我抬頭挺胸的，是那一層因為相信藍色眼影的魔力，而帶來的「自信」。

所以對我來說，藍色的眼影，可以說是一種象徵吧！象徵著對自己的期待、對美麗的憧憬，還有青春期裡，那種傻得可愛的心情。

✿胖妹也要跟上流行

愛美當然也會失敗，將眼睛變成調色盤也就罷了，充其量，洗掉就好，但若把頭髮剪成狗啃一樣，那事情就不那麼簡單了……

如果翻開八〇年代的什麼髮型雜誌啦、流行雜誌啊，你一定會看到一堆把頭髮剪得「敞敞」（請台語發音）的模特兒，就是劉海或頭頂心的部分，剪得短短、翹翹的、一束一束站起來的髮型，那時候真的非常流行，而且髮禁又剛開放，所以我心裡好想好想去剪一個那樣的髮型，可是！我又不知道怎麼去跟髮型師說我要剪「敞敞」的頭髮……

而且那時大家都還在「家庭理髮」的階段，只有時髦又有錢的同學，會到什麼「曼都」去剪頭髮，所以，我想來想去，決定求人不如求己！自己動手ＤＩＹ！

我找了一本「範例」，拿起剪刀，喀嚓喀嚓，毫不猶豫地就給它「敞敞」下去！

結果，就「敞敞」而言，大成功，真的是「敞敞」了。但是，就整體而言，不知為何，照著書上的角度跟位置剪下去的頭髮，卻怎麼看，怎麼怪。

第二天到了學校，同學矜持地問我：「欣凌，妳的頭怎麼了？」

「喔！」我摸摸自己的頭髮，一派從容地說：

「我去給理髮店剪這個頭髮啊。」

「喔……」同學再度仔細地打量了我頭髮，很保守地表示：

「可是……怎麼看起來怪怪的？」

真的怪怪的嗎？我攬鏡自照，越看越覺得這個髮型的確有些離奇，有點像……刷鍋子的棕刷……

好吧！放了學，我找個理髮店，請她幫我修一修，沒想到，理髮師看到我第一個反應，就是皺起了眉頭，對我說：

「妹妹，妳這個頭髮是誰剪的？以後不要去那裡剪了！剪得很糟糕！」

我不知道該讚賞她眼光銳利？還是惱怒她鐵口直斷？當然，自己也很心虛，我心裡又想要跟上時代、追上流行，卻又暗暗覺得，「流行」這夢幻的兩字，似乎不該是我這個胖妹癡心妄想的，萬一到理髮店，跟理髮師一說，她會不會心裡偷偷地笑「胖妹還想趕流行！」呢？所以，我只好自己偷偷在家剪，結果卻像個玩笑般的失敗了……說起來，實在還頗為可憐兮兮……

散發讓人喜歡的氣質

青春期的時候，愛美簡直是到了一個很奇妙的境界，例如說，我的好同學歪妹，有次買了一件迷你裙，我覺得好勁爆喔！她也胖胖的啊！怎麼會有迷你裙呢？如果她能穿，我一定也能穿！那我也要買！

買是買到了，不過非常緊；而且因為太緊的關係，它變得特別短，就是一塊又窄又小的布料圍著我的屁股。可是，我自己覺得真是太流行、太時髦了，所以，每次跟著同學去舞廳玩，我都一定要穿那一件裙子。

印象同樣深刻的還有一條黑白相間的條紋褲，沒錯，那就像隻斑馬，大斑馬，可是，當時也是覺得自己穿那條褲子，in到不行，所以，夜也穿日也穿，結果，那條褲子穿到大腿內側都磨成灰色的了，我還不捨得換下來。

或許是怕被人孤立、被人當作異類看待吧！青春期的時候，我好認真地在追求著「流行」。覺得跟上了流行的腳步，就能跟別人平起平坐。那一陣子，學校教官常常會到舞廳去抓人，我跟一群同學也被抓過，可是，被抓到的同時，我竟然感到很開心、很驕傲。覺得自己跟著一群超有型的朋友縱橫流行尖端，套句當時的流行語（雖然現在聽起來超級聳！），就是「酷斃了」！

長大之後回想起來，那種感覺還是非常熟悉，不過，年紀當然不是白活的，越過了那一段最傻氣的年紀，現在的我仍然非常愛美，不過，亂跟流行，大概只會「礙美」吧？現在的我感覺到，只要知道自己在做什麼，對自己有把握，自然能散發出美好的氣息，外型嘛，只要保持乾淨整齊，隨時帶著微笑，那麼就算沒人說妳是美女，一定也都覺得妳很可愛，而且，真的，只要自然、舒適，就很討人喜歡。

或許是怕被人孤立、被人當作異類看待吧！
覺得跟上了流行的腳步，就能跟別人平起平坐。

從小氣財神開始

我開始明白，就算那個
白雪公主的角色不是我的，
那胖恐龍一定是我的；
就算千金小姐的角色不是我的，
那歐巴桑的角色一定是我的。

那麼，即使是個胖妹也無所謂了啊！

我在真正上了大學之前，完全沒有想過自己會是個「大學生」。大學生吔。多麼好聽的職業啊！（笑）

我家的人都不大會讀書。也不是比人家笨，也不是比人家反應慢，就是拿讀書這件事情，毫無辦法。

我兩個哥哥的求學路都不順利，我二哥早早就很確定，自己不適合唸書，所以專校畢業後馬上就找了工作。我大哥就比較辛苦了，年輕的時候不清楚自己想要走的方向，當完兵之後，突然發現自己想多唸一點書，就去考大學聯考，但是基本上高工的學科和大學聯考的科目是不一樣的，於是考了好幾次都沒考上之後，我爸爸乾脆送他出國去，在國外，語言是個大問題，他在語言學校用力K了一年，之後才進入正式大學。唸完大學課程、修完碩士回到台灣，已經三十多歲了。

所以，高中唸了一個普普通通的私立學校的我，根本沒有想過，自己有一天會成為一個大學生，甚至沒有想過，自己竟然會走上演藝圈這條路。

進入表演行列

以前高中的公民課其實還滿有趣的，老師有時候會要我們排演短劇，或是有時候辦個辯論比賽什麼的。

那時候因為要慶祝聖誕節，我們排了一齣話劇，叫作《小氣財神》，我現在都還把當時的照片留著，從照片裡都還看得出來，那時的自己，真是使盡了渾身解數呢。

當時，只覺得演戲很有趣，同學們都很喜歡我的表演，沒想到，我們的導師在看了我的表演之後，有一天對我招招手，叫我過去：

「我覺得妳可以試試看考國立藝術學院喔。」

那時，我連有「國立藝術學院」這所學校都不知道，甚至，對我來說，考大學、當大學生，根本是遙不可及的夢想。

可是，終歸是要考一次試試看的，若不去試，永遠也就只是個夢想。

沒想到，我真的考上了。

表演讓我走出陰影

我認為走上表演這條路，可以說是我從「胖」的陰影中走出來的關鍵。因為每一個人的自尊，都必須透過一條屬於自己的路建立起來。說實話，我的功課沒別人好，長得沒有別人漂亮，身材也沒有凹凸有致，這樣的我，應該要從哪裡建立起我的自信心呢？

很幸運的是我找到了表演。

剛進戲劇系的時候，我原是下定了決心，不管是走幕後的什麼都可以，例如說導演、劇本，什麼都可以，就是不敢踏向幕前。

因為，戲劇系裡多的是臉蛋俏麗、身材苗條的美女，或是俊朗好看的男生，我覺得幕前只要有他們就可以了。像我學長戴立忍，當年我們在唸書的時候，他就已經屬於「帥得不得了」那一型，隨便往哪裡站，都覺得光芒四射，一看就讓人覺得這是舞台中央的角色，天生的主角。

可是，漸漸地，不管是老師或是我自己，都發現到，其實我能表演的；幕前的表演不但適合我，而且我還能在舞台上釋放出另一個奔放、自由、充滿力量與熱情的自我。

我開始明白，就算那個白雪公主的角色不是我的，那胖恐龍一定是我的；就算千金小姐的角色不是我的，那歐巴桑的角色一定是我的。

我就像在演戲裡看到了自己的人生。就算演不成絕代佳人、性感尤物，那麼我也要好好扮演這隻粉紅豬。只要把自己的角色演好，就是一場好戲，就是一段豐富的生命。

從《小氣財神》開始，我終於找到了一條我全心喜愛，全心付出的路，而這條路也不曾辜負我的耕耘，它讓我終於看到了，自己的光亮。

走上表演這條路，
可以說是
我從「胖」的陰影
走出來的關鍵。

胖子很快樂♥
打麻將不必麻將桌
胖子很快樂♥
演歐巴桑或恐龍
不必墊海棉。
真是太棒了！
←道具師

最醜的模樣

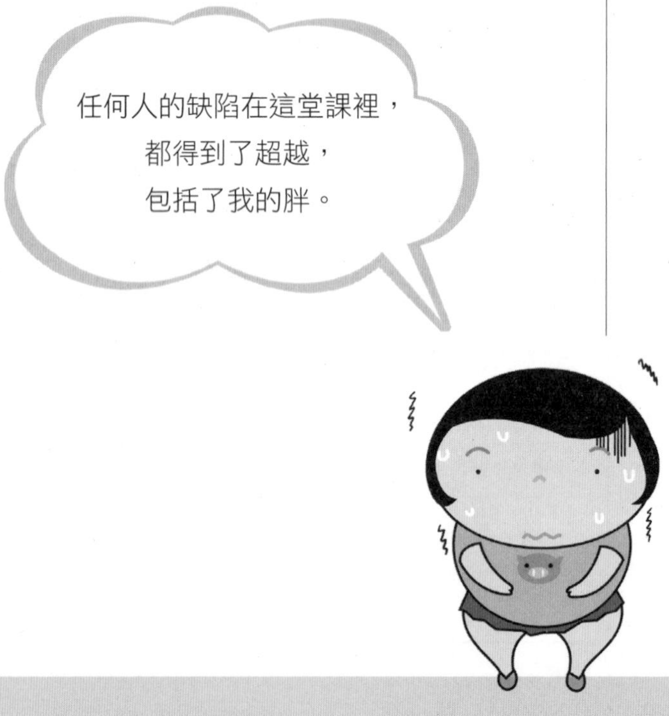
任何人的缺陷在這堂課裡，
都得到了超越，
包括了我的胖。

超越缺陷

我們在學校曾經有一段課程，要我們把自己「最原始的模樣」表現出來，不管你怎麼做都可以。包括你的獸性、你的肢體、你的聲音、你的動作……怎麼難怎麼做。

那像唐從聖這種愛搞怪的男生，就老是做出那種把頭跟腳纏在一起再從膝蓋旁邊拐過去那種姿勢，總之，既然是老師的要求，大家可以說是無所不用其極。只要你想得到、做得出，再怎麼光怪陸離，老師都非常歡迎。

但是，奇妙的現象發生了。當大家努力表現自己最原始的模樣，達到了某個程度時，竟然能超脫在美醜之上，因為每個人的力氣，完全都淬聚在肢體的表現與企圖裡，那一剎那的凝結與能量，將所有的形象都帶入另一種不一樣的境界。在那時想到的只是跟上同學們的動作，也不在乎當時的自己是美是醜，或許這種體力透支下「最醜的模樣」才是最真實的、最原始的、最美麗的……

又像唐從聖有一次的表演，是把自己全身都脫光光，只在重點部位貼上了膠帶，那你一定覺得很勁爆對不對？不行，老師很不滿意地說：

「那唐從聖，你既然要脫為什麼不脫光，還貼膠帶？你根本不徹底！」

於是所有的同學就圍著他開始「清算鬥爭」，總之就是在壓力下逼你遺忘自己對自己身體的意識，而徹底完成他要做的東西。

總算唐從聖一絲靈光未泯，並沒有因為課上的節節進逼而棄守最後關卡。

但當時我就深深感到，任何人的缺陷在這堂課裡，都得到了超越，包括了我的胖。

忘了自己

舞台其實是一個很暴露、很不安定的環境，當你站上舞台，燈光打亮，小至你臉上每一道光影、每一種表情、每一條皺紋，大至指手足步的每個動作，完全無所遁形。

所以，我們在上課的時候，精神壓力都非常大、非常緊繃，因為老師們都虎視眈眈盯住你每一個動作，像我上馬汀尼老師的課，每個人都累得汗如水流，下課之後地板都是一攤一攤水，不蓋你，不小心的人都會滑倒。第二天鐵腿連樓梯都爬不上去。

可是怎麼辦？能不做嗎？不做馬上就被老師電得體無完膚，要活命就得照做。

然而這種勞累的訓練，其實並不只是單純磨你整你，在肢體極度的勞累中，已經沒有人會在意自己是不是仍然玉樹臨風或端莊優雅，當一群人趴在地板上，喘得跟隻犁了八百畝田的牛一樣時，每個人的腦子裡，都只是空白的動作、動作，把動作做完，把動作做好。

身為一個演員，不能太過於意識到自己的好看或不好看，如果總是掛念著自己的美醜，掛念著這裡是不是擠出了一坨肉，那邊是不是露出了一層油，那麼你永遠演的是自己，而不是演出一場戲。除非你徹底忘記你自己。

怎麼樣才能忘記自己呢？壓力與疲累，會讓你求生存之不及，而毫無空間考慮到自己的事情。什麼胸部不胸部，腿毛不腿毛，全部都沒有了。

當你沒有了思緒，沒有了意識，剩下來的就是人的本能了，所有的動作與表演都由野性驅使，那種放縱馳騁的各種離形怪狀，會讓事後想起的自己感到不可置信，原來我有這麼瘋狂的一面。

而瘋狂，卻常常最接近真實。

真實的眼神

這門課之後，我開始明白，其實人的身體就是這樣子，不管是什麼模樣，都沒有什麼好掩飾，甚至沒有什麼好包裝的，如果你有醜的一面，一定也有漂亮的一面，反之亦然，又何必太過在意？不需要活得那麼辛苦。

所以，我當下明白，在舞台上，胖一點關係都沒有。這是一副天生天養的原型。戲劇裡沒有美醜之分，只有這副身體、這副靈魂、有沒有完成這個角色的問題。

所以最醜的模樣到最後，竟昇華成了每個人的意志的結晶，我相信那姿態或許並不能討人喜歡，但當時的眼神絕對是極美、極亮。

我期待自己，永遠別遺落了那副眼神，那副神遊凌越美醜交界，直入真實之境的眼神。

飯島愛的
內褲只用一條線

我的內褲
大的可以當蚊帳

以後的我或許可以開登山用品店….
可容下8~10人
防蚊蟲好攜帶
特大號
帳篷
跳樓大拍賣
來哦~
不買會
不會被壓…

在舞台上，「胖」一點關係都沒有。
這是一副天生天養的原型。

心中的自由

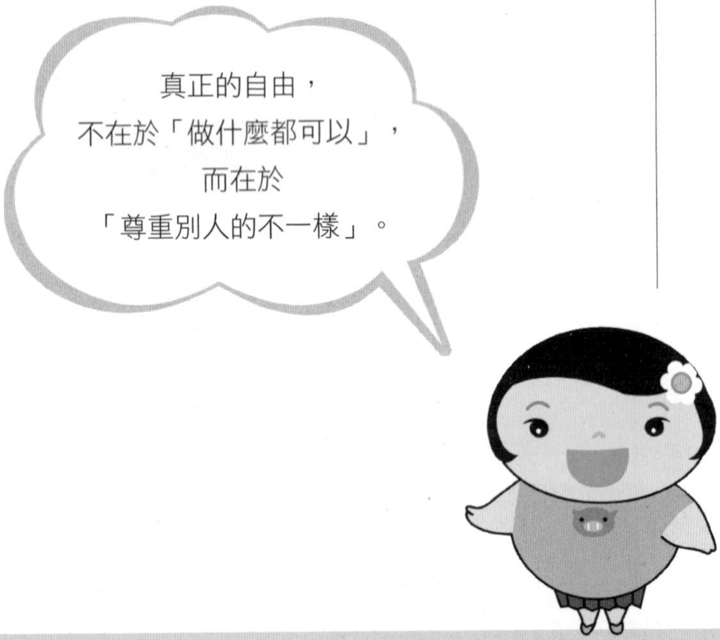
真正的自由，
不在於「做什麼都可以」，
而在於
「尊重別人的不一樣」。

✿ 一場獨幕劇

幕起。

台上一張椅子，一個胖子，胖子手上一個漢堡。

你清楚地看到，那個漢堡不但料多、新鮮，而且分量十足，看起來就很過癮，兩層厚厚熱熱軟軟的麵包中間夾著番茄、生菜、起司、洋蔥、牛肉……

而那個胖子坐在椅子上，表情非常快樂，而且眼神裡的期待，就像個小孩子一樣，看到她張開嘴準備大快朵頤，你忍不住也微笑了起來。

接著。

握著漢堡的手停住了，漢堡停在嘴邊，她抬眼往上看，有點不自然地笑了：

「啊，對啊，我早餐沒有吃，好餓喔。」

「啊沒有啦，就一個漢堡而已啊，你要不要也來一口？不要喔？那我吃囉？」

「還好還好啦，這裡面沒有肉啦，你看都是青菜吔——」

「明天啦，我有準備明天要減肥呀！所以今天吃最後一個漢堡嘛——」

最後，當人潮散去，她的手還停在漢堡上，被緊緊捏住的麵包有些變形。她慢慢低下頭，沉思很久之後，一個人將椅子搬到角落，一小口一小口，默默吃掉那個已經冷卻的漢堡，只有掉下來的眼淚是熱的。

尊重別人的不一樣

這是我以前唸書的時候，表演過的一場獨幕劇——我就是那個胖子主角。演完之後，我發現大家其實都很進入我所營造的情景裡面，或許就是因為，這真的是我心底深處的一場戲。

很多人說，胖子之所以會胖，就是因為沒有自制力，其實，這一點我承認，因為，在食物面前，我的抵抗力趨近於零，我實在是太喜歡食物了。

可是換一面來說，像我每天工作不管怎麼累、怎麼辛苦，我睡前一定把今天的每一筆帳記得清清楚楚，把今天用過的東西，明天要用的東西整理得一絲不苟，然後洗澡睡覺，從這一點看來，我似乎又是個很有原則，很有毅力的人。

或許，我前世跟食物相欠債，這一世老天就是要派我來殲滅我視線範圍內的所有美食吧！

記得之前出外景到夏威夷，看到威基基海灘上，好多胖妹大方地穿著泳衣、細肩帶走來走去，臉曬得紅紅的，皮膚健康光滑。我夏天時去美國，更可以看到滿街的露背裝胖妹，然而，她們非常自在、非常怡然，絲毫不覺得自己有什麼不對或不妥，而周遭的人也絲毫不覺得她們有什麼不應該。我還看到好多小胖妹，旁邊摟著又帥又可愛的小男生，也絲毫不會引起路人的側目。

這樣的情形，讓同為「胖子一族」的我想了很久，最後，我深深地感覺到，夏威夷胖妹的自信，不但由於她們能正視、能喜愛自己的身體，同時也來自於文化及社會裡根深柢固的自由觀念與互相尊重；在他們而言，你喜歡穿什麼，是你的自由，是你的選擇與權利，沒有人會因此對你有什麼意見，甚至不可以對你有什麼意見。我覺得這才是真正的自由——真正的自由，不在於「做什麼都可以」，而在於「尊重別人的不一樣」。

所以，我真的很期待，有這麼一天，夏季的台灣街頭，也能走著許多穿著露背裝的小胖妹，自由自在享受著自己的美麗人生。

〈上篇後記〉

因為有你，我走得下去

有觀眾每一聲掌聲、
每一個笑容，有朋友情人與家人
的陪伴與支持當中，
這些都「一步一腳印」，
扎扎實實印在我心裡。

我一直認為每個人都必須找到一條專屬於他自己的路，必須找到一個專屬於他自己的位置。如果你還不確定，真的，趕快去試，趕快去摸索。

我很慶幸自己有機會知道了自己原來可以表演。其實，胖子對於自己的外表跟身體，通常沒有太大的信心，他們通常不會想到，咦，其實我也可以跳舞嘛，咦，其實我也可以演戲嘛，咦，其實，我可以做到很多事情。

因為我有了舞台，所以我打開了自己的另一雙眼睛看另一個自己。唸大學的時候，我在老師心目中，大概都是個「怪怪的小孩」，譬如說要練習什麼東西的時候，老師都會說：「那欣凌來做可能會不一樣喔！欣凌來做做看！」

老師對我這種很「另類」的期待，我是相當珍視的。於是，當老師對我有不一樣的期待時，我走上舞台時，似乎真的就有些「不一樣」。雖則我無法確定，是因為我真的不一樣？還是因為老師開口說了我不一樣，所以我就自己感到自己特別了些，但是很確定的是，那一剎那的肯定與期待，毋庸置疑，而我可以靠著那點點的亮光，維持很久的溫度。

學會徹底接受自己

當幕幔緩緩升起，眼前的燈閃得我眼花，台下數千隻眼睛專注地迎向我時，那種直接而震撼的感受，會讓我完全不一樣。燈光一打下的同時，原來那個脆弱、敏感的鍾欣凌，馬上會變成身心強壯、步伐穩定的另一個人。甚至我聽著正在唸白的自己的聲音，竟恍惚覺得，有一種新鮮但美好的陌生。

觀眾常常是溫暖的。謝幕時的掌聲及喝采湧來，我知道自己又成功地完成了一段人生，所有的形象都被遺忘，所有的不安都已消失，因為，至少在舞台上，我學會了徹底接受自己。因為有觀眾一次一次給我力量，我就能在疲倦懷疑的時刻，重新想起自己對表演的熱望。

生命的誠意

回首自己成長的過程，總是有許多讓人好氣、好笑，或是傷心、無奈的點點滴滴，這些都在我找到了表演這條路之後，化作了身體裡暗暗蓄積的能量與本錢，隨時能為戲劇而釋放。我漸漸明白，演戲與生命的共通點無它，就是「誠意」兩個字，即使偶爾疲憊，即使偶爾無力，那份對自己與對別人的誠意只要存在，就沒有什麼好害怕的。

小時候，我在別人的眼光裡發生了對自己形象的恐懼。然而幸運的是，長大之後，我同樣在別人的眼光裡，重新建立起對自己的把握，解鈴還需繫鈴人，心中對於「小胖」的結，終於在長大之後解開了。

當然我不可能一直活在別人的讚美裡，我也可能失敗，有一天或許我也會離開聚光燈下，到別處去。但是我很明白，即使是那樣也沒有關係，因為，有相信我能做得不一樣的老師，有觀眾每一聲掌聲、每一個笑容，有朋友情人與家人的陪伴與支持當中，這些都「一步一腳印」，扎扎實實印在我心裡。

謝謝你們。因為有你，所以，我永遠走得下去。

下篇 我要散發演員之光

每個人心裡都有一個演戲的孩子

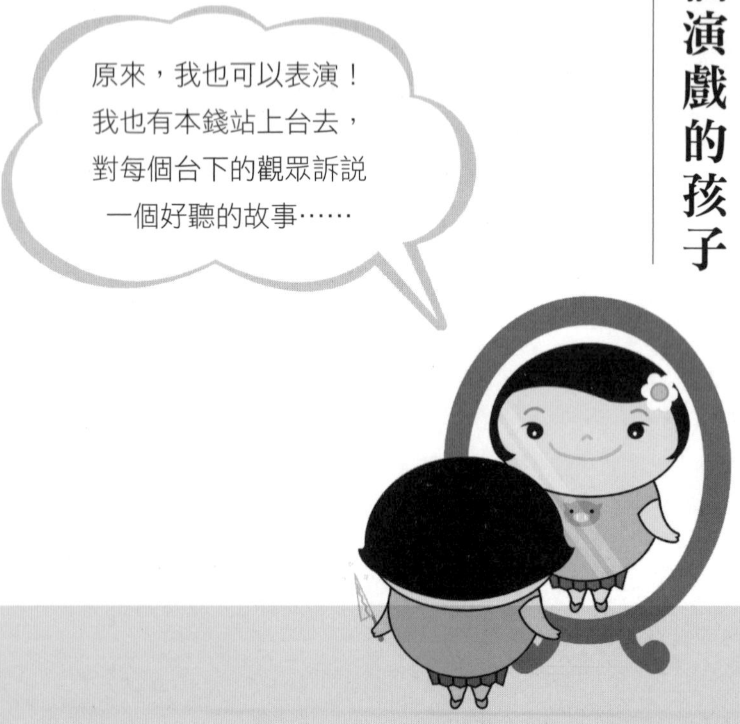
原來，我也可以表演！
我也有本錢站上台去，
對每個台下的觀眾訴說
一個好聽的故事……

仔細回想童年的遊戲，我想人人大概都會有一段「演戲時光」。一旦同學、鄰居玩伴、或是表兄弟姊妹湊在一起，當「紅綠燈」太累、「大風吹」沒椅子、「老鷹抓小雞」沒人當老鷹的時候，往往就會出現「我們來演什麼什麼（一代女皇武則天？白雪公主？灰姑娘？）」的提議。

認識完全不一樣的自己

說起來，每個孩子都是天生的演員，通常，都會有一個想像力特別豐富的編劇、加一個習慣帶頭的小導演、還有一群小演員。如果女生多的話，誰要演白雪公主就會是個令人頭痛的大問題，經常等到討論出誰可以擔任咱們甜蜜蜜的小公主時，也到了該散會的時間。

不過，只要公主的人選不是問題，一群小孩子就可以拿著家裡的毛巾、破碗、假珍珠項鍊，玩上整個下午毫不厭倦。有時到了吃飯時間，大家還依依不捨，相約再續，頗有「欲知後事如何，且待明天下午放學後分曉」的架式。有時候，孩子們對童話故事的結局不甚滿意，還會聯手「竄改史實」，比方說，讓小美人魚裡的老巫婆被老虎吃掉、美人魚當上皇后。更有的時候，大家都知道的童話故事演起來不過癮，於是眾人便會開始編造一個獨一無二的，屬於他們自己的故事。

這，其實大致說起來，跟我在「搬戲學校」學的「搬戲課」，頗有神似之處。當然，演戲並不是家家酒，也並不容易。學戲劇這件事，跟小孩子的遊戲畢竟有差別。但我想說的是：每個人心裡，都有一個愛演戲、會演戲的小孩。

對我而言，戲劇並不是「偽裝、假扮」，相反地，我在學習戲劇的過程中，認識了完全不一樣的自己。一個我完全沒有想過「這會是我嗎？」的自己。

最簡單的例子：當初進藝術學院的時候，我一直認為自己不會主修表演。我以為我會往編劇或導演的路上走。

「表演……都是美女，我看我還是躲在幕後當那個黑手好了。」

這的確是我當時的想法。

可是，漸漸漸漸，我發現，原來，我也可以表演！我也可以站上台去，對每個台下的觀眾訴說一個好聽的故事；原來，觀眾也會給我掌聲；原來，燈光也會集中在我腳下；原來，很多事情，我可以做得到！

喚醒內心的演員魂

在孩子的遊戲裡，沒有人會對自己說：

「我不夠可愛，所以我不能當白雪公主。」

孩子都會勇於爭取自己喜愛的角色，為什麼當時的我，會那樣可憐兮兮地，覺得自己沒有機會？或許，在成長的過程中我真的遺忘了每個孩子都有的，天真的勇氣吧？

所以在藝術學院五年的學習，除了學「演戲」之外，更重要的是，我上過的每一堂課的累積，其實都是我日後勇氣與自信的來源。有的課程讓我驚嚇，有的課程讓我歡笑，有的課程讓我哭泣，有的課程，則讓我撤下心裡的藩籬。讓我回頭認識自己、尋找自己。我逐漸又看到了孩提時代的無畏與快樂。

我喚醒了自己心裡那個演戲的小孩。

所以，請你現在找一個最舒服的位置、「喬」一個最放鬆的姿勢，聽我慢慢告訴你，我在藝術學院五年上過種種有趣的課程。

永遠的小王子——金士傑的課①

要一直記住
自己對演戲的熱情，
也要隨時抱著認真的心情。
這些都是做為一個演員，
所不可或缺的元素。

我覺得，每個人一生中一定都有某些事情、某些東西、某些地方，對他有非比尋常，永遠不會忘懷的特殊意義。

我想對我們班來說，《小王子》這本書，一定是這些特殊事物其中之一。

用生命去喜歡

為什麼我們班跟金寶那麼親，一方面他是帶我們排練課的老師，相處時間非常長。當時還在蘆洲校區的時候，大家經常在學校排戲排到三更半夜，然後派個同學去附近的夜市，買炸雞排回來當消夜，金寶就一邊啃著雞排，一邊看我們排演。

另一方面，我覺得更重要的是，金寶真的是用整個生命，在喜歡演戲，也用生命教我們演戲。然而，他又並沒有老師的架子，很多時候我覺得他像朋友比像老師多。老師下課了就下課了，可是他常常挪出自己的時間，讓學生三兩成群，到他家裡繼續琢磨、討論。當時的我們雖然年紀小，卻也能夠感受這樣的力量。於是我們上起他的課，格外用心。

金寶很愛《小王子》這本書，他的喜歡，也不是泛泛的喜歡，而是讓人覺得，這本書他會愛一輩子，會讀到七老八十都不厭倦。所以我們排練課所排的戲，也就是《小王子》。

受到金寶的感染，《小王子》這齣戲，大家真的是用盡心力在準備。到了後來，它已經不再只是一齣戲，而是屬於我們班上的共同的美好記憶。大家從買書開始，接下來開始蒐集一大堆的周邊商品：衣服、信紙、海報、馬克杯……有一次，班上同學很興奮地從台中一家糕餅店，買了一盒鳳梨酥分給大家。那家糕餅店的名字就叫小王子，而鳳梨酥的包裝紙上，印著小王子的插圖，我一直到現在都還把那張紙留著。

由此你可以想像，小王子對我們的意義多特殊了。

尷尬的蛋糕

可是，人生常常會有些「意外狀況」難以避免。某次呈現的時候，我們班的口水兄跟 TOYOTA 哥兩個脫線天兵，不知道怎麼搞的，雙雙在台上摔了個狗吃屎。

平時跌倒也就算了，大家拍拍屁股站起來就是，偏偏，那天台下有學長姊在看，這些學長姊惡笑起我們菜鳥來，可是毫不留情（也算是一種另類的教育訓練）。於是，馬上台下大笑成一片，笑聲響徹雲霄。

不過，由於他們跌倒的樣子，真的是很好笑。所以連口水兄跟 TOYOTA 哥自己也忍不住笑了起來。台上其餘的人，也都左一個噗哧，右一個哈哈，總而言之，就是全體演員大笑場就對了。

等到回到後台，大家才發現，糟了。「代誌大條了。」

我們從來沒有看過金寶氣成這樣，臉色鐵青就罷了，還氣得全身都在抖。看來這次真的是……死定了……

可是那天好死不死，偏偏是金寶的生日。班上的人早就策畫好了，買了一個大蛋糕，還全班一邊唱著歌、一邊推到金寶面前。

那場面真是尷尬又絕妙……我知道金寶原本是氣到不行，準備好好大開殺戒的。可是這群小鬼竟然來了這麼一招。搞得人罵也不是，不罵也不是。

結果金寶只好悶悶地把蛋糕切了，然後到教室外不斷地吸氣吐氣吸氣吐氣……

對金寶來說，「笑場」簡直是劇場之大不諱、是非常不專業的事情。劇場可以是輕鬆的地方，但，那是對觀眾而言。站在演員的立場，其實，並沒有太多玩笑或隨便的空間。因為任何的輕率，都是對觀眾、對戲劇，以及對自己的不尊重。

我不會走路……

我還記得，金寶給我們上的第一堂課，叫作「走路」。

什麼？走路有什麼難的？天天都在走啊！

我告訴你，走路可真難！尤其是在舞台上，在所有人的眼光之下，每個人走起路來，都像個怪胎！走沒兩步，就被老師叫住：

「錯！不是這樣走！不自然！重來！」

平常就像心跳呼吸一樣自然的「走路」，現在卻是個最大的難關，還有人好幾次同手同腳，怎麼都轉不過來！

那是我第一次認識到，人在獨自一人的時候，跟在舞台上、眾目睽睽的時候，狀況竟然會差那麼多。也讓我悚然而驚：原來演戲不像自己想像的那麼容易啊！

所以，有一次我很煩惱地跟金寶說：

「老師我以前覺得演戲很簡單，為什麼現在變得這麼難？」

「妳為什麼會覺得演戲簡單呢？」金寶說。

「像我之前高中公民課的時候，叫我演什麼吸毒的人、警察，或是流氓，我統統演得出來，為什麼我現在什麼都演不出來？」

「那樣不叫演戲。進這個學校就是要教妳更多、更深的事情，妳並沒有說錯，演戲是很難，所以才要學啊！」

金寶對演戲的態度，其實對我影響滿大的。雖然大家看我總是嘻嘻哈哈，輕鬆愉快，但其實，我對金寶當年因為我們的笑場，氣到發抖的樣子印象深刻，難以忘懷。

一切都在於態度。我一直是這麼覺得，也常常提醒自己。我想，我從金寶身上，學到了一些很重要的東西：要一直記住自己對演戲的熱情，也要隨時抱持認真的心情。這些，都是做為一個演員，所不可或缺的元素。

上課就是玩遊戲——金士傑的課②

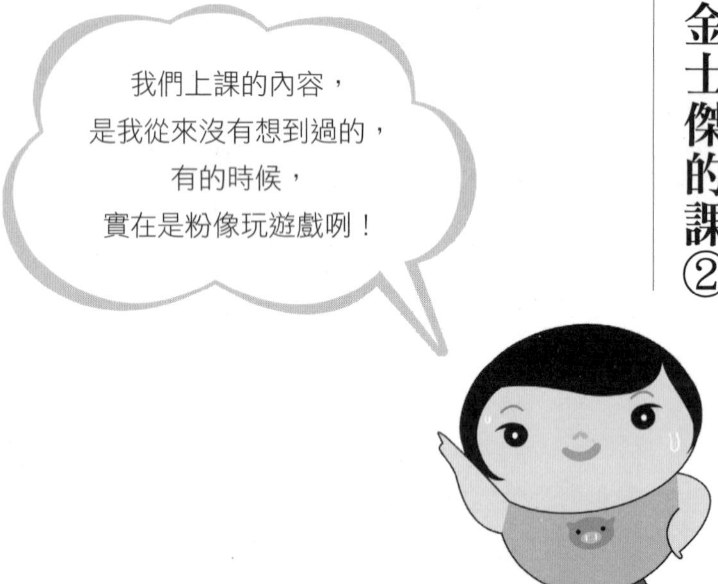
我們上課的內容，
是我從來沒有想到過的，
有的時候，
實在是粉像玩遊戲咧！

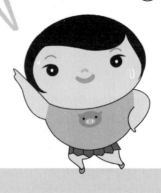

當別的大學生正襟危坐地蹲在課堂上抄筆記的時候，我在藝術學院都在上些什麼課？

呃……

我好像都在玩遊戲……

這可不是說我上課都在鬼混喔！我的意思是說，我們上課的內容，是我從來沒有想到過的，有的時候，實在是粉像玩遊戲咧！以前，我一直以為，唸「戲劇系」就是要讀很多莎士比亞啦！世界名著啦！總之是非常具有「文藝氣息」就對了。

沒有想到，並不是這麼一回事……

與牆壁發生關係……

比方說我們就曾做過這樣一個活動，叫作「與……發生關係」。

不過，可別想歪了！所謂「與……發生關係」，是這樣玩的：所有人站好，然後，老師一聲令下：「與什麼什麼發生關係！」這時，全部學生必須想盡辦法，讓自己肢體的某一部分，與那個「什麼什麼」發生一點「關係」。

比方說地板好了，如果我一聲令下：「與地板發生關係！」大家就得用各種方式跟地板做點「國民外交」，你可以坐在地板上、躺在地板上、倒立在地板上，當然你不介意的話，也可以伸出舌頭來舔地板……

你說，這不是遊戲是什麼？

可是看似簡單的「與……發生關係」，實際上卻頗有困難之處，一個班上三十幾個人，如何能夠跟別人發生的「關係」不一樣，是門大學問，人體四肢百骸，也不過就那幾個部分，這「關係」要發生得好、發生得妙、發生得獨一無二，果然對我們這些「藝術家」是一大考驗。

所以，有一陣子，班上的人對「與……發生關係」這件事情，相當著迷。有一次，全班去國家戲劇院看完戲出來，大家都沉浸在「受到藝術洗禮」之後的高尚感當中，此時，不知道哪個天兵，突然大喊一句：「與牆壁發生關係～～!!」

只見一群人像餓虎撲羊般，衝向國家戲劇院白色的外牆。有人以手指戳牆、有人以屁股頂牆、有人以頭撞牆、有人以腳踢牆……那堵牆活像個什麼人體磁鐵之類的東西，吸滿了一堆腦筋不正常的怪胎。附近運動的老人、或是路人，紛紛走避，大概是害怕自己成為下一個「發生關係」的對象吧？

禮拜四的焦慮

金寶老師的課，除了像遊戲一樣之外，我之所以覺得很棒的原因，不只是因為好玩，而是因為，他真的是全心全意在教我們演戲。

其實上金寶的課雖然有趣，但非常累，很操，尤其是排演課。經常四點半該下的課，延長到六點半才結束不說，之前的暖身又累得要死。

最要命的是，暖身時經常有些「雜技團」程度的動作。有一種，每個人要硬著頭皮，踩過全班的背上。有一種，大家要輪流從高處倒下來，讓同學接。還有一種，人要像根大木頭一樣，從平躺在地上的全班同學身上滾過去……

歐買嘎！這對我來說，簡直是高難度挑戰，我實在很害怕，我倒下去的時候沒人接，或是踩過哪個瘦弱同學的背上時把人家的脊椎給踩斷了，從此得養人家一輩子……

還好，這種悲劇並沒有發生。更好笑的是，在「滾人肉遊戲」時，我心裡一面大喊：「別把同學壓昏啊……」一面從全班男生女生身上滾過去之後，居然有人跟我說：

「ㄟ！妳滾過去的時候好舒服喔！」

「蝦密?!」

「瘦瘦的女生滾過去啊，骨頭戳到身上好痛喔！可是妳滾過去的感覺好溫柔喔！軟綿綿……」

啊……啊哈哈哈……我頭上冒著黑線，眼神空白地笑了起來。

這麼多「高難度」的肢體練習，讓我對排演課產生了莫名的焦慮感，禮拜六的課，我從禮拜四就開始胃痛，並且祈盼自己能生個無傷大雅的小病，這個禮拜可以不用上排演課……

然而漸漸地，我倒是逐漸熟悉了這樣的上課方式，也逐漸擺脫了一些ㄍㄧㄥ的東西。比方說，有一次金寶叫我們互相按摩，而且，指定要男生幫女生按，女生幫男生按……真是再度歐買嘎！男女授受不親啦！老師！

不過一旦習慣之後，大家都覺得，這一點也沒有什麼。或許，這些練習的意義，就是要我們拋開對自己身體的執念吧！一直在意著自己的樣子、一直在意著自己的性別，無法放開自己，是演不好戲的。放開自己之後，其實才是真正學習「演戲」的開始。

怪小孩的信心

不過金寶對我影響最大的，還是他給了我很大的信心。

剛進藝術學院的時候，放眼都是才子佳人，我從不覺得自己能夠在這裡闖出什麼名堂。我也說過，那時根本不覺得自己有機會站上舞台。

可是上了金寶的課之後，我覺得自己對自己逐漸在改觀。

這是很重要的。別人對你改觀，不算什麼，真正的進步，是自己要對自己改觀。

我記得有一次的練習是這樣的：全班同學必須依次走上舞台，第一個，無庸置疑，自然是全場的焦點，接下來就難了：第二個人站的位置、擺的姿勢，必須蓋過第一個人，將焦點轉到自己身上。第三個人，自然就得壓過第一、第二個人……依此類推。

前面都還很簡單，後面的人可就倒楣了，當全台都站得密密麻麻、怪態百出時，要將觀眾眼光引到自己身上，是相當困難的事情。而且，老師就坐在台下看，如果老師覺得不行，就得一次一次重來，直到老師說「可以！」為止。

那次，我就剛好是可憐的墊底者，整個舞台都是人，到底要怎麼樣才能吸引大家的注意呢？可是我已經沒有時間考慮了，所謂「黔驢技窮」是也。於是我一咬牙，轉過身去，背台而站。

老師們曾耳提面命，站在舞台上，千萬不可以背台，也就是拿你的後腦給觀眾看的意思。背台的我，看不到台下老師的臉，心裡默默想著：「老師一定會說：『不行！不可以背台！重來！』……」

「ＯＫ！」沒想到，老師這樣說了：「很好！很成功！」

大驚奇！我站在台上，雖然看不到台下同學老師的表情，但那一刻，我真的從來沒有自我感覺如此良好過。

我是那種「你覺得我優，我就覺得自己能變優」的人，所以，我跟金寶在課堂上的互動，一直是這樣的良性循環：受到肯定↓更努力更用心↓變得更好↓再受到肯定……

所以，我覺得進了藝術學院，是我生命中很幸運的事，而在藝術學院遇到金寶，則是幸運中的幸運。我再也不怕辛苦的排演課了。因為金寶，我學會了勇敢對自己說：

「這些事情，我做得到！」

馬汀尼不只是馬汀尼

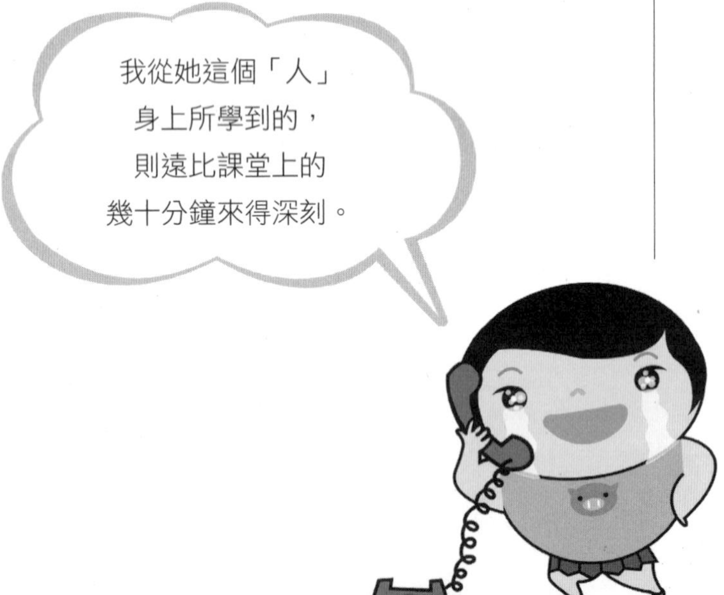
我從她這個「人」
身上所學到的，
則遠比課堂上的
幾十分鐘來得深刻。

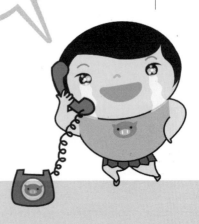

我說的馬汀尼不是酒。我說的馬汀尼，是我在讀國立藝術學院時的一位老師。

然而，雖然說不是「酒」，但我卻覺得，馬汀尼是一隻「貓」：這隻貓非常清楚自己是聰明的、優秀的、窈窕動人的。所以，對貓而言，精采是應該的、天生的、理所當然的——我可是一隻貓啊！

所以，如果你給金士傑拍拍手，他會風度翩翩地向你鞠躬答禮。但如果你給馬汀尼拍拍手？她只會古怪地看看你，在你還來不及說下一句之前，悄悄走開：「這有什麼好大驚小怪的？」

就是這樣特別的一個老師。

「小胖子！吵死了！」

說馬汀尼像貓一樣，另外一個重要的原因，就是馬汀尼清楚讓我看到了，人的「ㄖㄣˋ性」。你可以說是「任性」，也可以說是「韌性」。

我舉個例子好了。有一次，不曉得為了什麼原因，我跟隔壁的同學爭論起一個頗為秀逗的問題：

「新生南路是不是就是松江路？」

同學堅持「新生南路就是松江路」，我說「新生南路是新生南路，松江路是松江路」！為了「幫新生南路正名」，我們兩個一來一往，討論激烈，誰也不讓誰。

結果，一旁的馬汀尼突然冒出一句：

「新生南路就是松江路啦！小胖子！吵死了！」

頓時，全部的人都突然像拔掉插頭的收音機一樣「惦去」，而我這個小胖子，不知道自己該笑，還是該繼續維護松江路跟新生南路的名節。

雖然我心裡小小地哭叫了一下：「老師！你是老師吔！講話不要這麼坦白嘛～」但是我完全能夠接受這種「馬汀尼式」的溝通方式，也就是說，當年我們與馬汀尼的相處中，其實找不到什麼「尊卑」的痕跡，馬汀尼「有時候」是老師，但有些時候，她又是小女生，需要我們反過來哄她開心；有些時候，她又是跟全班一起拚酒、胡鬧的哥兒們。我們去馬汀尼家玩，她就是有能耐一個人喝掛全班男女老幼。

所以在我的感覺裡，馬汀尼可能從來不認為自己是個神聖不可侵犯的「老師」，與其說是「老師」，倒比較像是，她只是恰好在這個時間點上、站在這個位置、遇到了這些人。然而，她，依舊還是她自己，並不像我們經常嘲笑的政治人物，「換個位置就換個腦袋」。

所以，我其實經常可以看到馬汀尼「透明」的一面，她的喜怒哀樂隨時隨地都在流動，這也就是我說她很具韌性，也很任性的原因。

不過，馬汀尼的任性，又有微妙的界限，她並不是個肆無忌憚潑灑情緒，唯我獨尊的人。大二的時候，我跟另外一個同學，都想當她的指導學生，可是，她早就說自己只剩一個名額，那到底該收誰呢？於是，我們兩個就跟馬汀尼約了一個時間在辦公室面談，也不知道為什麼，談著談著，我們兩個居然哭了起來！好像什麼三角關係談判一樣！結果，最後是馬汀尼通融，兩個都收。從這點看來，她對學生終究是挺好的！

「喂！外面的！」

我的畢業製作，是一齣名叫《喂》的戲。這可是我第一次當女主角！一償我多年宿願！所以，我興奮得不得了！而且，這個劇本是個非常悲哀淒美的愛情戲！我終於體會到，自己當老闆的好處究竟在哪裡了！

可是當馬汀尼開始指導時，我馬上開始抱頭鼠竄！絲毫沒有女主角的架式可言！因為，她真的很會罵人：馬汀尼罵人，不需扯開嗓子，她只要雙手抱胸，隨便斜坐在哪個位置，冷冷地開口「指點」兩句，你就絕對頭皮發麻！因為你只知道她「不滿意」，卻總是不知道，「不滿意在哪裡？」每每需要自己思考摸索大半天。

像我在「喂」劇中，最後隔著鐵門，呼叫男主角：

「喂～外面的～～」

「喂～～外面的～～～」

本來第一句還好，喊到第二句，我便聲嘶力竭地大吼起來，沒想到，我才吼完，馬汀尼的聲音就冒出來了：

「等一下。妳在幹嘛啊？妳叫那麼大聲做什麼？」

怎麼辦？不怎麼辦，摸摸鼻子，明天再來。

馬汀尼罵人，毫不留情。然而同樣的，她也並不吝於給予讚美。常常可以聽到她對學生說：

「做出這樣的東西真的很不錯！」

所以，我到現在還覺得，馬汀尼真是一個非常不一樣的老師，你很難在她身上找到什麼既定的模式，永遠不知道下一分鐘她又會蹦出什麼想法、什麼話，或是什麼動作。一方面，上她的課很累、而且很恐怖，因為她讓你無所遁形。可是另一方面，她又是個跟學生「咬」在一起的老師：有一陣子，我們班上流行「咬人遊戲」，沒事看到同學的手放在一邊，就抓起來狠狠咬一下。

很怪異吧？馬汀尼，就是這樣一個捉摸不定，謎樣的有趣人物。

所以，在我跟馬汀尼短短幾年的師生緣分當中，我學會了一樣非常重要的事情：人的「任性」，有時候不見得是件壞事。

「害怕」也是一種學習

馬汀尼的課裡，有一個專題叫作「獨奏會」，也就是要做一齣屬於自己的獨角戲。其實，我當時覺得那並不是什麼很大的作業，可是馬汀尼把它看得非常認真。

我們每個人有四堂課的時間，與老師一對一關室密談，隨便說什麼都可以，在對話的過程中，我慢慢碰觸到自己心裡不曾告訴他人的恐懼，比方說，我非常害怕晚上聽到救護車的聲音，總覺得那不吉而恐怖。而且，我在生活細節上常有「儀式化」的傾向，比方說關瓦斯的時候，我一定要打開、關掉、打開、關掉、打開、再關掉，也就是說，我非常注重一些瑣碎的細節，總覺得如果我沒有照這一套規矩做事，就會發生什麼意外的狀況。我也很怕失去自己身邊的人，我經常會擔心，如果我爸媽突然怎麼樣了，怎麼辦?!

這是我第一次對別人說出自己不曾啟口的恐懼，所以，後來我在「獨奏會」上做了些什麼，我其實不太記得了，但是我印象很深刻的事情是，有一段時間，我每在上馬汀尼的課之前，都要花一段時間好好想想，今天要跟老師說什麼？

所以我覺得，記憶往往是很有趣的，我不記得結果，卻清楚記得過程。這，會不會是因為，「獨奏會」對我來說真正的意義，並不在於最後表演了什麼，而在於在這之前，我說出了什麼？又看到了自己哪些臉孔？

仔細回想起來，馬汀尼的課對我來說，影響實在很大。老實說，我從來不喜歡上她的課，因為我總是在害怕，不知道今天老師又會出什麼怪招？但是我從她這個「人」身上所學到的，則遠比課堂上的幾十分鐘來得深刻。甚至，連我對她的「害怕」，現在看來，都是一種學習。這些東西，換了一個老師，我想，就完全不一樣了，有些事情，還真的非馬汀尼不行呢！

所以，真的，馬汀尼不只是馬汀尼。然而，馬汀尼也就是馬汀尼！這個老師的特別，我說什麼也無法忘記！

殘酷劇場

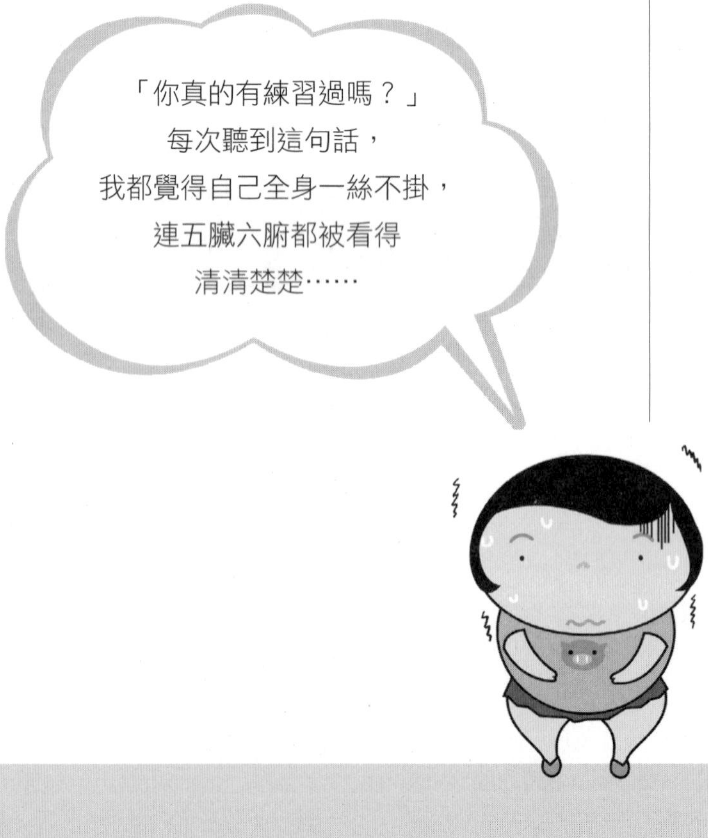
「你真的有練習過嗎？」
每次聽到這句話，
我都覺得自己全身一絲不掛，
連五臟六腑都被看得
清清楚楚……

你真的有練習過嗎？

但你千萬不要聽了我前面的敘述之後，就誤以為她的課也可以像她的人一樣「隨性」，課堂上的馬汀尼自有一把尺，你不要想混，如果混了，百分之百會被她逮到！她的眼睛可利得很呢！

比方說，她曾開「殘酷劇場」一門課，要求我們盡自己所能地表現出「殘酷」的本質，還沒有做之前，你並不會意識到「殘酷」其實是私密的、個人的，但事實上，每個人都有一個與別人徹底不同的「殘酷世界」，這個殘酷世界就是你心裡最陰沉黑暗的反射，上殘酷劇場，就像剝開自己外表乾淨漂亮的皮，露出裡面腐爛生蛆的爛肉（夠殘酷吧?!）一樣。

所以，在殘酷劇場裡，馬汀尼所做的事情，就是不斷挖掘、逼迫你面對最內在、掩蓋得最好、最不可告人的自己，唯有如此，你才知道自己究竟在哪裡，才知道自己能做到些什麼。比方說，那時我與一個同學搭檔表演「ＳＭ」，事後，他偷偷對我說：「其實被鞭子打的時候，真的會有快感說……」

不只殘酷劇場不留情，就連基本的表演課，在馬汀尼眼皮底下，也別想混！有一次表演課裡，每個人的呈現都很不好，一看就知道回家沒做功課，看了幾個人之後，馬汀尼乾脆直接問：

「回家有做功課的舉手！有練習過的舉手！」

結果，沒有一個人舉手！馬汀尼當下臉色一變，說道：

「那上什麼課！不用上了！統統不用上了！」

然後「啪」一下就起身離開教室。剩下面面相覷的我們，手足無措如一群呆牛。

不過，也就是因為馬汀尼這麼不可捉摸，你實在不知道要怎麼做才能讓她滿意，所以我非常害怕上她的課，又最怕聽她面無表情問你一句：

「你真的有練習過嗎？」

每次聽到這句話，我都覺得自己全身一絲不掛，連五臟六腑，都被看得清清楚楚……

「我看到妳女人的那一面喔！」

然而上馬汀尼課最獨特的一點，就是她從來不曾「教」學生怎麼演戲，卻總是能發掘出每個人內心深處不常、不擅、甚至不敢表現出來的氣質。曾經在馬汀尼的表演課上，我們排演了一齣叫作「海鷗」的戲，我的角色，是一個跟女兒搶男朋友的媽媽。上完課，同學特地跑來跟我說：

「嘿！欣凌！我看到妳很女人的那一面噢！」

這讓我很驚訝，因為，我一直認為，那種女人的、不論是風騷或是細緻的氣質，都並不適合我，我也總是躲在自己營造的保護色底下。進一步說，很多東西其實是我不太希望大家看見，甚至不希望自己看見的，但是在馬汀尼的課裡，竟在不知不覺的情形下流洩而出。

或許，這就是為什麼不管是殘酷劇場、或是表演課裡，馬汀尼不斷挖掘我們、逼迫我們的原因吧！

因為，一個不願意面對自己的演員，怎麼會是個好演員呢？

伸出自己的觸角

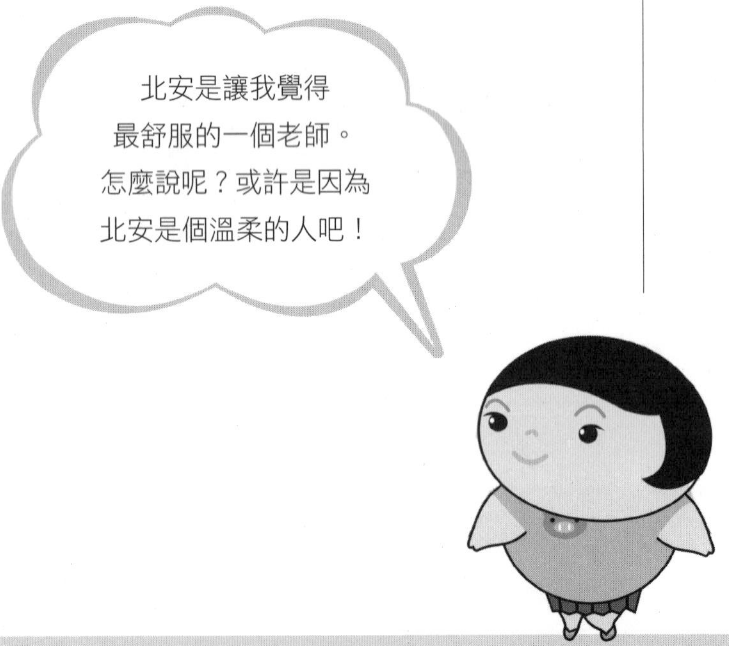
北安是讓我覺得
最舒服的一個老師。
怎麼說呢？或許是因為
北安是個溫柔的人吧！

藍色的 M&M's 巧克力

北安有多溫柔，從一個跟他有關的小故事裡就看得出來。

他曾經喜歡過一個女生，這個女生，喜歡吃 M&M's 巧克力，可是特別的是，她只喜歡吃藍色的 M&M's 巧克力。

所以，一包 M&M's 交到她手上，她總是把藍色的部分吃光光，剩下其他的顏色被無辜地遺留在紙袋裡。

於是有一次，北安買了一大堆的 M&M's，然後，小心地把每一包都打開，從中挑出藍色的部分。累積成一包的量之後。再裝進空的 M&M's 包裝裡。

等到那個女生一打開羅北安先生的「特製 M&M's 巧克力」，赫然發現，裡面滿滿的，全部都是藍色 M&M's 巧克力，沒有一顆不一樣的顏色……

安全的感覺

北安的這份細心與體貼，讓我上起課來覺得很安全、很放鬆。金寶的排演課，或是馬汀尼的殘酷劇場，常常是讓人在壓力或緊張下，激發出一些想法。不過上北安的課卻不同，北安是讓學生在放鬆、安全的感覺裡，聽見自己內在的聲音。

北安就曾經教我們怎麼「聽聲音」。他會要大家靜下來，然後說出自己聽到些什麼，很有趣喔！因為你會聽到很多有趣的東西，比方說鳥叫：鳥叫就是鳥叫，有什麼奇怪？但是仔細聽了之後，會發現你聽到的是各種不一樣的鳥叫聲。

更有趣的是，當大家說出自己聽到什麼的時候，你會發現，原來每個人耳朵所接收到的頻率都不同，更誇張的是，我們還得學著聽自己的心跳……平常，誰聽得見自己的心跳呀?!但，我們的心跳聲其實很明顯，只是平常的我們總被不相干的事情所干擾，因此忽略了生活周遭細微的事物。

感官之旅

北安自己是個感官非常敏銳、非常細膩的人，所以他課上的重點，很多是讓我們磨練自己感官的敏銳度。

例如「干擾遊戲」，遊戲的情境是，你在路上發生了車禍，後面的人撞上了你，你又撞上了前面的，夾在中間的你，該怎麼樣一次聽兩個人說話、回答兩個人的問題，而不會牛頭不對馬嘴？尤其是，另外兩個人都動作很大、說話很快很急、盡其所能跟你吵架的時候。

「干擾遊戲」很難，可是也很好玩，因為除了訓練自己「一心二用」之外，還有一種「哼哼！我的反應很快吧！」的快感……

所以，雖然這個干擾遊戲玩下來，每個人都氣喘吁吁，滿頭大汗，但大家都非常起勁，因為真的是太過癮了。

一代鮮師們

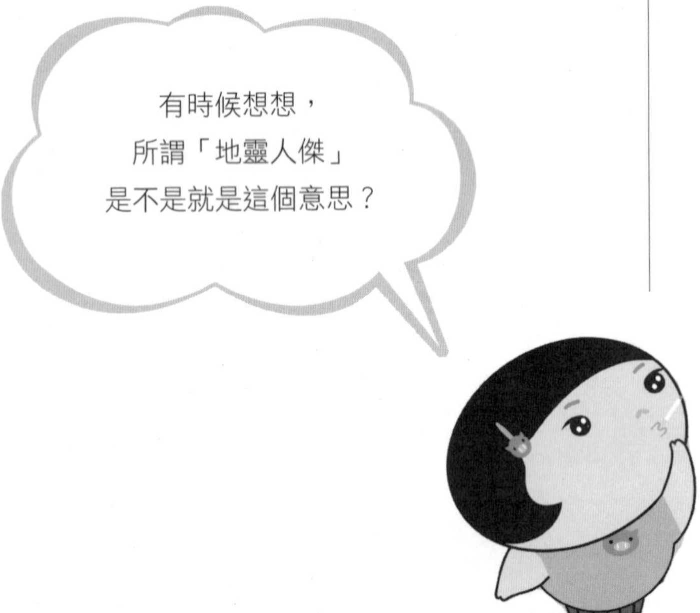
有時候想想，
所謂「地靈人傑」
是不是就是這個意思？

除了怪同學之外，學校裡還有頗多的鮮老師。

系上的老師就不用說了，金寶、馬汀尼、羅北安，個個都是鮮人，跟學生們比起來不遑多讓，至於其他原本應該道貌岸然的一般老師，比方說國文啊、國父思想啊等等的，也常有讓人莞爾的搞笑演出！

有時候想想，所謂「地靈人傑」是不是就是這個意思ㄌㄟ？嘻嘻。

上課兼養生

大一的時候，有一門「功夫課」。沒上過的人一定跟我剛開始一樣一頭霧水：蝦密！什麼功夫課！老師是李小龍的傳人嗎？戲劇系為什麼要學「功夫」？

等到穿上特製的「功夫服」，哇，我才發現，這個功夫不簡單喔！因為，教我們功夫的李老師，實際年齡已經七十多歲了，可是外表年齡，只有四、五十歲。

功夫課不僅學功夫：上課前先拉筋，然後學一堆踢腿啊、砍八刀啊等等的，最絕的是，老師每次都會很認真地告訴我們他的養生之道：

「這個啊，每天最重要的就是晚上十一點到凌晨一點，一定要睡覺！要睡覺喔！睡覺真的很重要喔！不過不要睡太多！像我每天就睡晚上十一點到早上三點而已，最精華時段！」

這個……不是大家都知道嗎？可惜，我們經常排戲排到十一、二點，完全無法實踐。除此之外，老師還告訴我們，每天睡覺前，放一杯水在窗口，第二天早上起來把它喝掉。

「那可是吸收了日月精華喔！喝了對身體很好！從此會越來越健康！」

可惜……我也沒有試過，只好就一天一天老去吧……

不過上個功夫課，還兼學習養生之道……聽起來好像不但划得來，還非常有為的感覺。

青春洋溢的感覺

功夫課自然穿的是功夫服，而且是全套。從上衣、褲子、鞋子，還有那條繫在腰間的帶子，走在校園裡，非常具有行俠仗義、虎虎生風的大俠風範。

結果，有一次上國文課之前，我們班的國文老師看到我，馬上特地、很認真地，叫我的名字：

「ㄟ……那個鍾欣凌……」

蝦密！正因早上的功夫課而全身痠痛的我，國文老師不會叫我起來跑腿吧？我都已經鐵腿了說……

「厚～我今天經過你們系館啊，看到妳從系館穿著功夫服走出來，我就覺得啊，妳好有那種……那種……那種青春洋溢的感覺咧！」

啊?!青春洋溢的感覺?!

從此之後，我就變得很愛穿功夫服……

今天輪到誰？

那個年代的共同科目裡，總是少不了國父思想之類的。可是大家也都有經驗，那種課，真的是……

很無聊。

真的是很無聊嘛！老師通常都是低著頭在台上碎碎唸，然後大家在台下寫作業的寫作業、傳紙條的傳紙條、談戀愛的談戀愛、看雜誌的看雜誌，睡覺的更加滿滿是。

說來慚愧，國父思想老師們，大概都已習慣了我們這些不成材的學生，在台下幹著不成材的勾當，所以，上課的時候，老師低著頭唸課本，學生低著頭搞副業，就成了常態。

可是，我們那一屆的國父思想老師，卻非常特別……

話說有一回上課，我看著四周各自營生的同學，突然覺得，老師好可憐喔，講得那麼努力，可是，大家都不理他。

好吧！那就讓我當一下好學生吧！於是我從雜誌裡抬起頭，看著台上的老師。充了一下專心上課的樣子。

沒想到！就在這「充樣子」的五秒間，老師彷彿非常欣賞我的求學精神！看到我抬起頭之後，他整堂課都目不轉睛地看著我！我是說，目不轉睛喔！他完全沒有分心地用力看我喔！連頭都沒有低喔！就像是專門為我一個人上課一樣！

天啊……我的雜……雜誌……

我求救地望向其他同學，他們都把頭低得更低了。

後來大家都發現，這個老師的「特色」就是這樣……好幾個沒有經驗的同學，都在課堂上有意或無意與老師眼光相接的時候，不慎落入陷阱，整堂課再也無法脫身。

可是，話說回來，這還是我們理虧啊！要不是大家都不聽課，老師也不會這樣了吧！

所以，最後我們就想出了一個折衷的辦法……那就是每堂課說好：「ㄟ！今天輪到誰看老師了？自己知道喔！」

自此之後國父思想課，就因為我們這些壞孩子的好主意而相安無事……兼營副業的同學不再充滿罪惡感，老師……大概也不再覺得那麼孤獨了吧……從此我就知道，促使人類文明進步的推手，「分工合作」真的是很重要的部分啊……

哈哈哈哈……

閃亮的一課

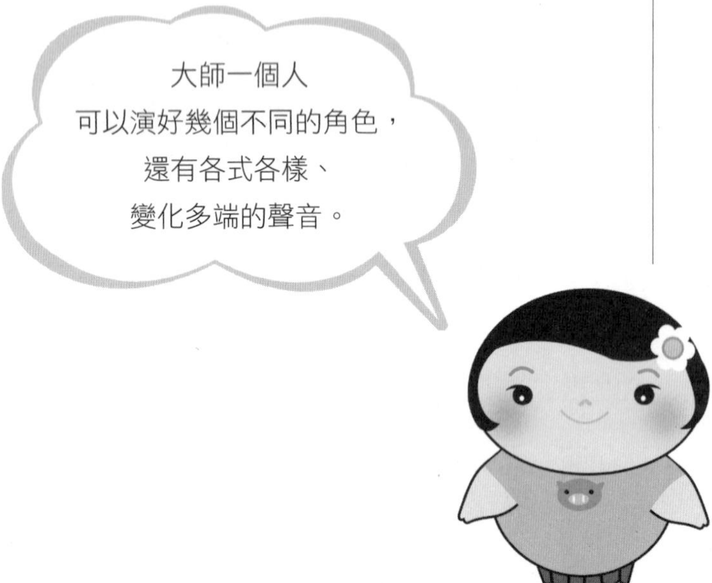
大師一個人
可以演好幾個不同的角色，
還有各式各樣、
變化多端的聲音。

國寶級的熱情

學校裡也有很特殊的老師，這樣的老師，可能沒有修過教育學分、沒有寫過博士論文、沒有喝過洋墨水……甚至可能沒有讀過書。但是教起書來，卻一點也不含糊。我們有名的帥老師邱坤良，就曾經請過國內的布袋戲「通天教主」黃海岱大師，來教大家演布袋戲。

演布袋戲吔！小時候，每次大拜拜時都會看到的布袋戲吔！

除了覺得興奮之外，尤其讓我覺得……怎麼說呢，覺得很感動的是，當時來幫我們上課的黃海岱大師，真的是已經很老很老了。每個禮拜，都由帥哥老師邱坤良親自坐車去內湖，接他來上課，然後再送他回去。所以我們都覺得，啊！不能混……要用心上課……

可是！不知道為什麼！在大師手裡栩栩如生的木偶，到了我的手上……總是像前一天晚上睡覺睡到「落枕」的模樣，頭永遠是歪的……

然而，對布袋戲這門課，我印象最深刻的是，那個學期天氣很好，總是有太陽，有風。每到了上布袋戲的那個下午，大家就會在學校的中庭草地上圍坐著，然後真的是好老的大師，就示範各種布袋戲的技巧給大家看。大師一個人可以演好幾個不同的角色，還有各式各樣、變化多端的聲音。不知道為什麼，每次那樣上著課的時候，我都突然感到國寶大師一點都不老，甚至，比我們都還熱情有勁……

有趣的皮影戲

除了布袋戲之外，我們也上過皮影戲。皮影戲就不像上布袋戲時那麼「好康」了——老師在上面演得很辛苦，學生在下面看得很高興。上皮影戲的時候，大家可是得從皮影戲的人偶到演戲的佈景，全部自己動手做起。

這可不是件簡單的事情，但是大家都還滿樂在其中的。像我們那一組，還自己編寫了一個海底龍宮的劇本。為了表現出海底的感覺，我們想了好多方法，最後，大家利用藍色的玻璃紙、打上藍色的光，塑造出「海底」的透明感，雖然現在說起來沒有什麼了不起……不過，那時候我們還真為這個點子沾沾自喜，因為，演起來的效果還真不錯呢！

快樂粉紅豬

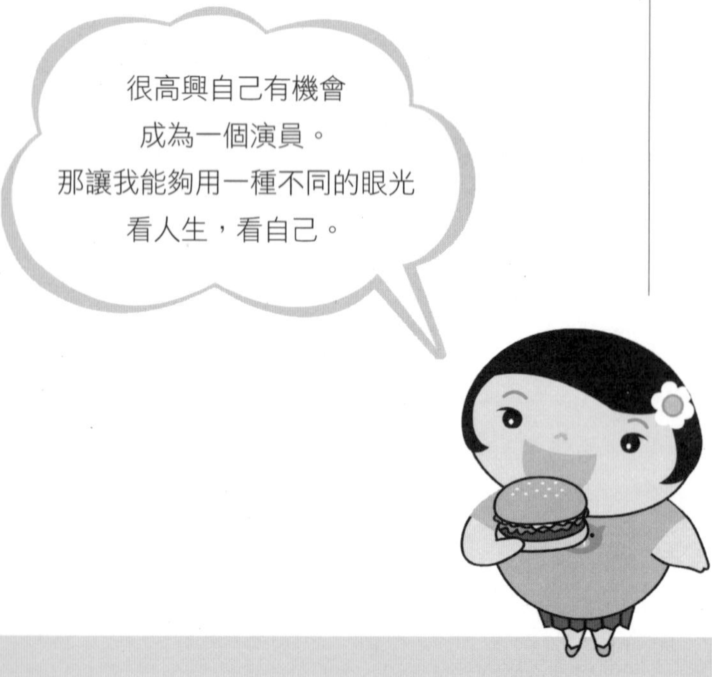
很高興自己有機會
成為一個演員。
那讓我能夠用一種不同的眼光
看人生，看自己。

我的演員之路，剛開始，其實挺無助的。

在學校時雖然主修表演，卻從來不敢對自己抱什麼期望。畢業之後的第一個正職，是在綜藝節目裡當「執行製作」。

「執行製作」四個字看來光鮮，其實多半是「執行」，沒有「製作」。而執行是什麼？說穿了，就是雜工。沒有人做的事情，統統輪到「執行製作」來「執行」。訂便當、張羅道具、偶爾還要客串一下出氣筒。

所以你能想像，這個「執行製作」，到底是什麼樣的工作了吧！

我的《莎姆雷特》

就在我每天都在「執行」的時候，有一天，我接到了屏風表演班的電話。

「喂？請問是鍾欣凌嗎？」

「是……我就是……」

「嗨！欣凌！我們這裡是屏風表演班，有一個角色想請妳演吔！不知道妳有沒有興趣？」

有！當然有！我心裡的小鍾欣凌已經開始歡欣鼓舞，大跳彩帶舞。

我自己覺得，《莎姆雷特》是我演員生涯中相當重要的一個點，一方面這是我離開學校之後，參與的第一齣大製作舞台劇。一方面是，非常奇妙的，演了《莎姆雷特》之後，好像有人幫我開了一扇窗，從此眼前的風景，截然不同。

關鍵的合作經驗

在演《莎姆雷特》的時候，我極為緊張，尤其是面對國修老師的時候。

國修老師花很多時間磨我的戲，這使我焦慮。非常焦慮。焦慮到我從小到大從來不知道自己有氣喘這個毛病，卻在演《莎姆雷特》的時候發作。得去看醫生，拿擴張氣管的藥來吃，吃到手發抖，連休息時間發的便當都捧不住。

壓力太大。

我自己也知道，我並不是主角，可是國修老師卻花這麼多時間，就為了磨我一個角色。

在壓力之外，其實我也看到一種東西，是真真正正屬於「劇場人的認真」。那讓我意識到一件事：

「演員，就是要磨！從選擇了這條路開始，一直到老死為止，永遠要磨！」

這樣的頓悟，好像才真正讓我「畢業」了，真正認識到自己已經離開了學校，從此，要一個人面對全世界。

我……我就是那隻豬……

或許就是這樣的一念之差，改變了我命運的地圖，說也奇怪，從《莎姆雷特》之後，我的演員之路漸行漸廣。主持、廣告等等機會也慢慢增加。我可以明顯感受到，自己從一張「似曾相識」的臉，慢慢進步到「ㄟ~我看過妳拍的什麼什麼廣告吔~」，又再慢慢進步到「妳是粉紅豬嘛~」。

再早一陣子，我出外景的時候，碰到一個老婆婆，她興奮地指著我說：

「啊～啊～啊～啊～啊妳不就是那個～那個～那個～那個～那隻豬嘛！速不速？速不速？」

蝦密！我頓時了解到什麼叫作「悲喜交加」。喜的是，連一個鄉下老婆婆都認得出我的臉孔。悲的是，不要啦！我不要當「那隻豬」啦！

「速啦！我就是那隻豬啦！」

但是，老婆婆充滿熱情的臉，讓我別無選擇。

又比方說，有一次我爸爸的朋友來我們家作客，寒暄時難免就要問起我們一家大小。

「啊妳女兒在做什麼咧？」

「伊喔，伊底電視主持節目啦！」

「蝦密？」

「主……主持節目啦！」

「主持節目？隨？隨？」

「啊……啊抖係粉紅豬啦！」

「喔～～粉紅豬喔～～共粉紅豬哇丟災啦！！」

我是快樂粉紅豬

最近，我滿高興地發現，經常，觀眾認出我的時候，是叫出我的名字，不再是「那隻豬了」。

不過，仔細想想，當隻快樂粉紅豬，也沒什麼不好啊！如果人生是一場超大製作的舞台劇，那麼，我可以跟你保證，這個「粉紅豬」，絕對是正字標記、如假包換、獨一無二，誰都無法取代的特殊角色。

如果我的生命在考大學那年往另一個方向偏移，我不曾進入藝術學院，也沒有機會成為演員，那麼，如果別人說我是「豬」的時候，我能不能這樣當作一個好笑故事跟你說？

我真的不知道。

所以，我很高興自己唸了藝術學院，很高興自己有機會成為一個演員。那讓我能夠用一種不同的眼光看人生，看自己。

豬就豬！有什麼關係！不過，可不是隨便一隻豬！我可是前無古「豬」，後無來「豬」的快樂粉紅豬！

也希望自己是白雪公主…
呵
呵
呵
呵
亮晶晶公主眼
傳說中的公主頭
閃亮亮公主小禮服

怎知…最後我闖蕩江湖的花名叫～粉紅豬……
傳…傳說中的粉紅豬……

如果人生是超大製作的舞台劇，那麼，我可以跟你保證，這個「粉紅豬」，絕對是正字標記、如假包換、獨一無二，誰都無法取代的特殊角色。

〈下篇後記〉

從今以後，元氣滿滿

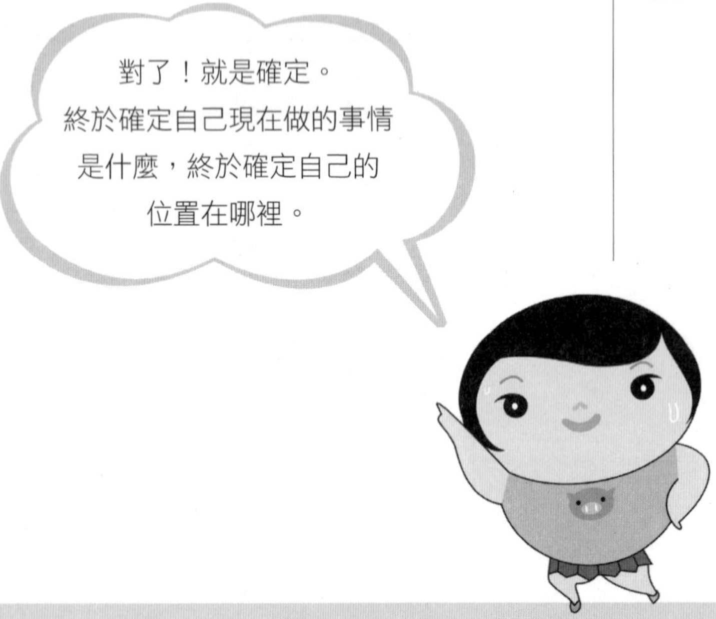
對了！就是確定。
終於確定自己現在做的事情
是什麼，終於確定自己的
位置在哪裡。

老實說，我已經不記得那天去看的，是哪一齣戲了。

但是我卻記得自己站在國家戲劇院的門口，抬頭往上望。國家劇院的門真高、建築真宏偉。那上面刻著「國家戲劇院」五個金光閃閃大字的匾額，顯得很了不起、很美，卻也很遙不可及。

有一天，我也要站上這個舞台演戲！

一個宮女的驕傲

有一年，吳倩蓮復學回到學校，擔綱演出姚一葦姚公的戲《申生》。

當時，我演一個小宮女，興奮得不得了！因為，那不但是姚公的戲，還是一場相當正式、在南海路藝術館的賣票表演，同時還是我第一次的正式演出！所以，雖然是個戲分很少的小宮女，但我心裡想：「我可是個不同凡響的小宮女喔……」

然而，「宮女的驕傲」卻在穿上戲服時，徹底瓦解。那齣戲的宮女裝扮，頗為特異。乃是一層一層、如同「脆笛酥」般纏繞的布料，裹在我的身上。

坦白說，我穿上那套戲服，真是……不好看。尤其是跟別的瘦宮女一比，非常明顯，一堆脆笛酥一字排開，別人家的脆笛酥，就是比較細。

當時我只有一個悲慘的念頭：導演選我當宮女，該不是同情我吧？世界上！這世界上！哪裡有胖宮女呢？

於是，「宮女的驕傲」頓時成了「脆笛酥的悲哀」……

所以在排演那齣戲的時候，我總是無法擺脫腦中轟轟的響聲：

「我是家庭號脆笛酥……我是家庭號脆笛酥……」

開錯的那扇門

這個「家庭號脆笛酥」的想法，跟了我非常地久。

所以儘管我好想，也好喜歡演戲，卻總是少了點勇氣與自信。儘管自己大三之後主修表演課，我卻不能確定，自己將來，在舞台上有沒有位置？

然而有一回，在國家劇院實驗劇場裡彩排的時候，我在後台不知找些什麼，四處亂鑽亂跑，一個拐錯了彎，我打開了一扇門，那一扇門竟然是「貓道」的門。

「貓道」是舞台上方的工作走道，同時也連接著燈光系統。然而，我雖然開錯了一扇門，卻看到了此生難忘的景象。

從「貓道」上往下看到的整個舞台跟觀眾席，不知為何，超乎尋常地大。我站在上面，全身雞皮疙瘩都站了起來。

眼前的燈光好亮，亮得令人感到不真實。

「能站在舞台上演戲給那麼多人看，是多麼了不起的事情啊！」在那扇開錯的門前，從「貓道」上往下看的自己，全身血液加速流動，說不出話來。

整個劇場看起來，在發光。

確定自己的位置

時間一年一年過去，自己也多少有點改變。

畢業大概兩三年後，我終於第一次踏上了國家戲劇院的舞台。我的休息室，在二樓的最後一間。

那時候自己真是高興得不得了，從來沒有想過，小時候站在「國家戲劇院」匾額下的夢想，竟然成真。即使我的休息室排在最後面，我也不在乎。

就算一輩子只有這麼一次也無所謂。

然而沒有想到的是，一輩子不但不只有一次，而且，自己的休息室也在不知不覺中，越排越前面，一直往前移。

有時候我也會忍不住懷疑，自己做的事情，或是一切的努力，有沒有意義？如果這些年的成果，只不過是「休息室往前移」而已的話，是不是有點可笑？

當我這樣懷疑的時候，說也奇怪，我總是會想起當年在「貓道」上，籠罩在光線下的劇場。

就是那個光。我跟一個好同學這樣說。就是那個光，讓我感到一切都值得。就是那個光，讓我漸漸發現當「家庭號脆笛酥」的樂趣。

一切都是那麼的……那麼的……怎麼說呢？那麼的「確定」！

對了！就是確定。終於確定自己現在做的事情是什麼，終於確定自己的位置在哪裡。

這些都是當年那個生澀徬徨小孩，所始料未及的。

我覺得自己很幸運，進了國立藝術學院唸書。也很幸運有奇妙的契機，讓我開錯了那扇「貓道之門」，讓我不論在多麼疲累的時候，起碼眼前有「那個光」，一直為我引路，如同天上的星星。希望，現在正讀著這本書的你，眼前也能有一道，屬於你的「那個光」。而從今以後每一天，都能元氣滿滿走下去！

美麗田 175

接受自己的樣子：我是快樂粉紅豬

出版20周年Happy版

填回函雙重禮
①立即送購書優惠券
②抽獎小禮物

作　者｜鍾欣凌
繪　圖｜萬歲少女ViVagirl
文字協力｜九九／金文蕙（作者新序）
出 版 者｜大田出版有限公司
台北市一〇四四五中山北路二段二十六巷二號二樓
E-mail｜titan@morningstar.com.tw http://www.titan3.com.tw
編輯部專線｜（02）2562-1383 傳真：（02）2581-8761
總 編 輯｜莊培園
副總編輯｜蔡鳳儀
行政編輯｜楊雅涵／鄭鈺澐
校　對｜黃薇霓／黃素芬
內頁美術｜陳柔含
Happy版｜二〇二二年（民111）九月十二日 定價：三八〇元
Happy版｜二〇二二年（民111）十月六日（二刷）
網路書店｜http://www.morningstar.com.tw（晨星網路書店）
TEL：（04）23595819 FAX：（04）23595493
購書Email｜service@morningstar.com.tw
郵政劃撥｜15060393（知己圖書股份有限公司）
印　刷｜上好印刷股份有限公司
國際書碼｜978-986-179-757-1 CIP：863.55/111010196

國家圖書館出版品預行編目資料

接受自己的樣子：我是快樂粉紅豬（20周年Happy版）／鍾欣凌著 . ——初版——台北市：大田，2022.09
面；公分 . ——（美麗田；175）
ISBN 978-986-179-757-1（平裝）
863.55　　111010196

本書內容根據《快樂粉紅豬》（2001年）、《學校好好玩》（2002年）兩書整理完成。

版權所有　翻印必究
如有破損或裝訂錯誤，請寄回本公司更換
法律顧問：陳思成